寝台特急「はやぶさ」の女

西村京太郎

角川文庫
23325

目次

第一章　ロビー・カーの女

1

昨日まで、残暑に悩まされていたと思っていたのに、今夜、京都駅の6番ホームに立っていると、寒さが、足もとから忍び寄ってくる感じがした。

時刻は、午後十一時を過ぎている。

ホームにある売店《キヨスク》は、とうに、店を閉めてしまっていた。九州行の寝台特急の到着を待つ駅員も、寒そうだった。

十月も、間もなく終りである。京都では、七月十七日の祇園《ぎおん》祭で、夏が来て、十月二十二日の時代祭で、秋が来るといわれる。

その時代祭も、昨日終って、今日は、十月二十三日である。二十三日も、間もなく、終ろうとしている。

深夜の6番ホームは、さぞ、がらんとしているだろうと、思っていたのだが、意外に、若者たちの姿が、あちこちに、かたまっているのが見えた。

あと七、八分で、古賀《こが》の乗る寝台特急「はやぶさ」が、到着するのだが、若者たちは、九州へ、旅を楽しみに行くのだろう。

「はやぶさ」は、熊本に、明日の午前一〇時五〇分、終着の西鹿児島には、一四時一一分に着く。飛行機なら、東京からでも二時間以内だが、本当に、旅行を楽しむなら、ゆっくりと、夜行列車でという若者たちなのかも知れない。

最近は、少しずつ、鉄道に、乗客が戻りつつあると、古賀は、聞いたことがある。鉄道が好きで、よく、列車の写真を撮《と》るカメラマンの古賀には、嬉《うれ》しいことだった。

古賀は、リュックサックを、ホームに置くと、愛用のライカだけを持ち、煙草をくわえて、ホームを、ゆっくり歩いてみた。

小さな旅立ちでも、古賀は、いつも、胸の高なりを感じる。

同じ土地へ行くのでも、それは、変らなかった。旅には、その土地の景色との出会いがあり、人間との出会いがあり、そして、新しい自分自身との出会いもある。

もし、旅立ちの時、このときめきがなくなったら、カメラマンとしても、終りだろうと、古賀は、思っていた。

写真は、別に、何の情熱がなくても、テクニックがあれば、撮ることは出来る。きれいな写真がである。古賀の知っている大家の一人は、明らかに、惰性で、写真を撮っている。それでも、彼の撮る風景写真は、美しく、モデルは、きれいである。相変らず、その大家は、売れっ子で、彼の撮った写真は、毎月、いや、毎週、雑誌の表紙と、グラビアページを飾っている。

彼の写真は、きれいだが、情熱が感じられないなどとは、古賀は、思わない。確かに、素晴らしいテクニックを感じさせるし、やたらに、情熱だけで撮りまくっている若手のわけのわからない写真より、どれだけ、人を感動させるか、わからないだろう。

ただ、古賀は、その大家自身にとって、不幸だろうと、思うのである。

対象に対する、何の感動もなく、惰性で、シャッターを押す。しかも、それが、きれいな写真で、もてはやされる。これ以上の不幸はないのではないか。

四十歳の古賀は、幸い、それほど有名ではない。対象に対する情熱も、失ってはいない。情熱というより、好奇心と、いった方がいいだろうか。

それが失《な》くなったら、プロとしてのカメラマンは、辞《や》めようと、古賀は、思っていた。

列車を待っているのは、二十代の若者が、多かった。男女半々くらいである。楽しそうに、お喋《しゃべ》りをしている。

最近、若者の間で、温泉めぐりが、流行していると聞いたが、彼等も、九州の温泉を、歩くのだろうか。

向うのホームには、明石《あかし》行の電車が、停《と》まっていた。最終電車なのか、さっきから停っているし、サラリーマンらしい男が、駆《か》け込んで来て、座席に腰を下し、吐息をついているのが、こちらからも、よく見えた。

古賀は、旅立ちの若者たちのグループと、通勤電車に駆け込んでくるサラリーマンを重ねるようにして、シャッターを押した。

ホームのアナウンスが、間もなく、「はやぶさ」の到着を告げた。

2

隼《はやぶさ》を図案化したヘッドマークをつけ、角張った顔つきのEF66形電気機関車が、十五両編成の荷物車と客車を牽引《けんいん》して、ホームに入って来た。

熊本へ行く古賀は、12号車に乗り込んだ。

寝台特急「はやぶさ」は、1号車から6号車までが西鹿児島行、7号車から14号車が、熊本行である。

ほとんどの乗客が、すでに、寝台にもぐり込んで、眠りについてしまっているとみえて、各車の窓には、カーテンが降りている。

列車は、一分停車で、京都を離れた。

古賀は、下段の寝台に、リュックサックを置くと、通路に出た。いつでも、そうなのだが、寝台特急《ブルートレイン》に乗っても、古賀は、すぐには眠れない。

東京からだと、出発が、午後六時前後が多いので、食堂車で、夕食をとったり、ビールを飲んで時間をつぶしてから眠るのだが、今日のように、京都から乗ると、もう食堂車は、閉っている。

去年の三月の列車改正で、ブルートレインの「はやぶさ」にだけ、ロビー・カーが、一両増設されたと聞いていたので、しばらく、そこで、時間を、つぶすことにした。

うす暗くなった通路を、古賀は、ロビー・カーである9号車に向って、歩いて行った。

同じ京都駅で乗り込んだ、さっきの若者たちは、向い合いの寝台に腰を下して、さっそく、缶ビールで乾杯をしている。

他の寝台では、軽いいびきも聞えていた。

古賀のように、なかなか眠れないのか、寝巻姿で、通路の折りたたみ椅子《いす》に腰を下し、カーテンの隙間《すきま》から、窓の外を流れていく夜景を見ている乗客もいた。

じゅうたんを敷きつめ、ソファと、回転椅子の置かれたロビー・カーは、十二時近い時間のせいだろうか、がらんとしている。

他の客車は、夜になると、明りが減光されるが、このロビー・カーだけは、二十四時間営業なので、明るかった。

それに、自動販売機が置いてあるので、いつでも、ビールが飲めるのが、嬉《うれ》しかった。

古賀が、何本かあるブルートレインの中から、「はやぶさ」を選んだのは、ロビー・カーの写真も、撮《と》りたかったからでもある。

一番端のソファに腰を下し、カメラを構えた。

ファインダーの中に、ワインレッドの回転椅子に腰を下した若い女の横顔が、浮びあがった。自然に、彼女に、ピントを合せてしまった。

実は、ロビー・カーに入ったとたん、彼女の姿が、古賀の眼に飛び込んで来たのである。

他に、寝巻姿の母娘が、トランプをしていたが、古賀が入ってすぐ、五、六歳の娘の方が、生あくびをし、ロビー・カーを出て行った。

古賀が、シャッターを押し、フラッシュが光った瞬間、相手は、きっとした眼で、古賀を見つめた。

(大きな眼だな)

と、思いながら、古賀は、

「ごめんなさい」

と、彼女に、詫《わ》びた。

女は、また、窓の外に、眼を向けた。

古賀は、彼女の横顔を、眺めていた。夜景に、見とれている顔ではなかった。何かを、思い悩んでいて、その答えを、夜の闇《やみ》に求めているように見えた。

古賀は、写真を撮るのをやめ、煙草をくわえてから、その女のことを、考えてみた。

年齢は、二十五、六歳というところだろうが、色白なので、黒のドレスが、よく似合って見える。自由な旅を楽しむために、このブルートレインに乗ったという感じではなかった。

結婚しているのだろうか？　家庭があって、子供でもいるとしたら、真夜中の列車の中で、ぽつんと一人、椅子《いす》に腰を下して、考えごとをしたりはしないのではないか。と、いって、普通のOLの感じでもない。

結局、わからないのだ。わからないと、なおさら、気になってくる女がいる。彼女が、それだった。

古賀は、気になると、それを確かめないと気がすまない性格である。立ち上って、自動販売機で、缶ビール二本と、オレンジジュースを、一本買って、女の傍に行った。

「さっきは、脅《おど》かして、すみません」

古賀は、もう一度、謝ってから、彼女の隣の椅子に腰を下した。

「これは、お詫びの印《しるし》です。どちらでも、いい方を、飲んで下さい」

古賀は、彼女の前に、ビールと、オレンジの缶を置いた。

女は、当惑した顔で、自分の前に置かれたビールとオレンジの缶を見ていた。

「車内の自動販売機だから、毒は、入っていませんよ」

相手の気持を、リラックスさせようと思い、古賀は、そんなことを、いってみた。

女は、堅い表情を崩さなかったが、それでも、小さく笑って、

「お詫びなんか、いりませんわ」

と、いった。

「しかし、買ってしまったんだから、飲んで下さい」

「じゃあ、おいくらですの？」

「とんでもない。それじゃあ、お詫びの印になりませんよ」

「でも、理由がありませんから」

女は、頑固に、いう。

「それじゃあ、名前を教えてくれませんか」

「私の？」

「ええ。このロビー・カーに入ったとたんに、あなたのことが、気になったんです。

教えて貰《もら》えませんか？」

と、古賀は、聞いた。

女は、しばらく、迷っていたが、

「小田《おだ》あかりですわ。でも、このビールとジュースは、頂けませんわ」

と、古賀を、まっすぐ見つめた。

「あかりさんですか。どこまで、いらっしゃるんですか？」

「久留米《くるめ》なんです。このビールですけど」

「いらなければ捨てて下さい。僕は、古賀です。これでもカメラマンです」

古賀は、名刺を取り出して、彼女に、渡した。

だが、彼女は、その名刺を見るわけでもなく、また、先刻のような、物思いの表情になってしまった。

彼女は、ハンドバッグから、千円札を一枚取り出して、テーブルの上に置いた。

「失礼しますわ」

と、彼女は、立ち上った。

「これは、いりませんよ」

古賀が、彼女の置いた千円札をつまんで、追いかけようとした時、彼女が、急に、小さな呻《うめ》き声をあげてじゅうたんの上に、屈《かが》み込んでしまった。

「どうしたんです？　大丈夫ですか？」

と、古賀は、驚いて、声をかけた。

彼女は、身体を丸めて、ただ、苦しげに、唸《うな》るだけだった。

3

古賀は、乗務員室に飛んで行き、車掌長を引っ張って来た。

彼女は、じゅうたんの上に、俯伏《うつぶ》せになって、額に、脂汗《あぶらあせ》を、浮べている。

古賀が、声をかけても、聞えないみたいに、呻くだけだった。

「すぐ、この列車を、停《と》めて下さい！」

と、古賀は、大声で、いった。

「間もなく、大阪ですから、連絡しておいて、救急車に、来て貰《もら》います」

「間もなくって、あと、何分ですか？」

「四分くらいのものです」

「その間に、死んでしまったら、どうするんです？」

「そういわれても、この辺に、停車させても、救急車を呼んだりするのに、時間が、かかってしまいますよ」

と、車掌長は、いう。その通りなのだが、とにかく、彼女が、心配で、古賀は、窓の外を、睨《にら》んでいた。

長い四分間が過ぎて、列車が、大阪駅のホームに滑り込むと、車掌長が、連絡しておいてくれたので、駅員が、9号車の近くに、集っていた。

四分間の間、小田あかりは、苦しげに、呻きながら、じゅうたんの上に、何回か、吐いた。

古賀は、心配で、一緒に、ホームに降りた。

救急車も到着し、真っ青な顔の彼女は、担架で、駅の外に待たせてある救急車まで、運ばれた。

古賀も、一緒に、車に乗った。

車の中で、救急隊員は、彼女に、酸素《さんそ》吸入をさせ、注射を打った。

近くの救急病院に駆《か》け込む。

古賀は、ひっそりした、寒い待合室で、待つことになった。

午前零時を過ぎている。古賀は、煙草に火をつけ、待合室の中を、うろうろと、歩き廻《まわ》った。

三十分ほどして、当直の医者が、待合室に出て来てくれた。

「どんな具合ですか？」

と、古賀は、煙草を捨てて、医者に、聞いた。

中年の医者は、疲れた顔で、

「ご主人ですか？」

「違いますが、一緒の列車に乗っていた者です。それで、助かるんでしょうね？」

「多分、助かると思いますよ」

「多分というのは、どういうことですか？」

「あの患者は、毒を飲んでいましてね。二、三日、様子を見ないと、助かるかどうか、わからないのですよ」

「本当に、毒を飲んでいるんですか？」

「そうです。吐きましたか？」

「沢山、吐きましたよ」

「それなら、助かる確率は、高いかな。いずれにしろ、しばらく、入院して貰《もら》いますよ」

と、医者は、いってから、

「毒を飲んでいるので、警察に、連絡しなければなりません。あなたは、ここにいて、警察が来たら、話をして下さい」

「僕がですか？」

「とにかく、あなたが付き添って来た患者ですからね」

と、医者はいった。

古賀は、当惑の気持と、彼女のために、ずっと、ここにいてやりたい気持が、半々だった。彼女の連れに見られるのも、楽しいかも知れない。

（しかし、なぜ、毒を飲んだりしたのだろうか？）

その理由も、知りたかった。

4

七、八分して、大阪府警の立花《たちばな》という警部が、部下の刑事を一人連れて、やって来た。
捜査一課の警部が、わざわざ、足を運んで来たのは、府内で、自動販売機のドリンクで、何人かの犠牲者が、出ていたからだろう。それに、医者が、ロビー・カーの自動販売機のオレンジジュースか、ビールを飲んで倒れたとでも、警察にいったのかも知れない。

彼女が、まだ、意識不明ということで、立花警部は、待合室で、古賀に、質問を浴びせてきた。

古賀は、相手の質問を、途中で制して、

「いっておきますが、僕は、たまたま、寝台特急『はやぶさ』車内で、初めて、彼女に会ったんで、前から知っていたわけじゃないんです」

と、いった。

だが、立花警部は、古賀の言葉を信じたようには、見えなかった。

「まあ、それは、とにかくとしてですね。あなたの眼の前で、彼女が苦しみ始めたことは、事実なんでしょう？」

と、立花はいった。

それは、とにかくとして、といういい方に、古賀は、抵抗を感じたが、黙っていた。確かに、ロビー・カーで、古賀の眼の前で倒れたことは、事実なのだ。

「彼女の名前も、ご存知ですね？　医者は、そういっていますよ」

と、立花は、続けた。

「それは、彼女が、僕に教えてくれたんです、小田あかりだと。しかし、本名かどうか、わかりませんよ。今もいったように、僕は、ロビー・カーで、初めて会ったんですから」

「本名です」

「なぜ、わかるんですか？」

「彼女のハンドバッグに、運転免許証が、入っていましたからね」

「そうですか。本名ですか」

「不思議なんですか？」

「いや、そんなことは、ありません」

あわてて、古賀は、いった。

ロビー・カーの中で、彼女は、ひどく、そっけなかった。

だから、ひょっとすると、でたらめを教えてくれたかも知れないなと、思っていたのである。

不思議とは思わないが、やや、意外だったのだ。

「次は、自動販売機のことですが、あなたは、ロビー・カーの自動販売機で、何か買いましたか？」

と、立花が、聞いた。

いよいよ、来たなと、古賀は、思いながら、

「缶ビールと、オレンジジュースを、買いました」

「なぜ、ビールの他に、オレンジジュースを買ったんですか？　普通は、どちらかにするでしょう？　酒好きなら、ビールだけだし、酒が飲めなければ、ジュースだけにすると、思いますがね」

「正直にいうと、ロビー・カーにいた彼女に、近づきになりたかったんですよ。それ

に、いきなり写真を撮《と》ったことを、詫《わ》びようと思いましてね。ただ、彼女が、どっちを好きなのかわからないので、両方、買ったんです」

「それを、小田あかりに、すすめたんですね？」

「ええ」

「そして、彼女は、どちらかを飲んで、倒れたんですか？」

「いや、違います。彼女に、断わられたんですよ」

「なぜです？」

「わかりませんね。僕の図々しさが、気に入らなかったのか、それとも、自分の寝台で、もう、飲んでいたのか、その直後に、彼女が倒れてしまったので、わかりませんね」

「本当は、あなたのすすめたビールか、ジュースを、飲んだんじゃないんですか？」

「飲んでいません。疑うのなら、今からでも、下り『はやぶさ』のロビー・カーを調べて下さい。ロビー・カーの中央部あたりです。小さなテーブルの上に、缶ビール二本と、オレンジジュースの缶一本が、開けられずに、置いてある筈《はず》です」

と、古賀は、いった。

立花警部は、部下の刑事に、小声で囁《ささや》くと、その刑事は、電話をかけに、飛んで行った。

「あなたは、彼女が、どこまで行くか、知っていましたか？」

立花が、聞いた。

「ええ。久留米まで行くと、いっていましたよ。違いますか？」

「いや、ハンドバッグの中に久留米までの切符が入っていました」

「国鉄に、電話して来ました」

と、刑事が戻って来て、立花に、報告した。

「それで、国鉄側の返事は？」

「次は、岡山で、運転停車するので、そこで、公安官を乗り込ませて、ロビー・カーの現場を、保存してくれるそうです。そこまでは、車掌長に、責任を持たせるということです」

「わかった」

と、立花は、肯《うなず》いてから、再び、古賀に向って、

「ロビー・カーでの彼女との会話を、くわしく話してくれませんか」

「くわしくといっても、少ししか、会話はしていないんです」

「しかし、あなたは、缶ビールと、オレンジジュースをすすめ、彼女の名前まで、聞き出しているじゃありませんか。少しの会話とはいえませんよ。最初から、話して下さい。ロビー・カーへ行ったら、彼女がいたんですか？」

「そうです。魅力的な女性だなと、思いました。ロビー・カーの写真を撮るつもりで、入って行ったんですが、彼女を、入れて、撮りたくなりましてね。いきなりフラッシュをたいたんで、彼女は、びっくりして、僕を睨《にら》んだんです」

「それで、謝った？」

「ええ。そのあと、詫びの意味と、近づきになりたくて、自動販売機で、缶ビール二本と、オレンジジュースを買ったんです」

「それを、すすめたが、断わられた？」

「ええ」

「しかし、彼女は、名前と、行先を、あなたに、教えたんでしょう？　どうも、そこが、わからないんだが」

「断わられましたが、別に、彼女が、ケンカ腰だったわけじゃありませんからね」

「じゃあ、彼女との会話を、再現して見せて下さい」

5

古賀は、彼女との短い会話を、思い出そうとした。

「彼女が、いらないといったんで、僕は、名前と、行先を教えてくれと、いったんですよ。彼女は、ビールとジュースを断わったことを悪いと思って、名前と、行先を教えてくれたんだと思いますね」

「そのあとは？」

「僕も、名刺を渡しました。あの名刺は、どこへ行ったろう？」

「彼女が受け取ったんじゃないんですか？」

「いや、彼女は、僕の名刺を、テーブルの上に置いたまま、『失礼しますわ』といって、立ち上ったんです。僕が、千円を返そうとしたとたん、突然、彼女が、呻《うめ》き声をあげて、その場に、倒れてしまったんです」

「千円というのは、何のことですか？」

「ああ、僕が、自動販売機で買ったビール二本と、ジュース一本の代金として、千円札を出したので、それを返そうとしたんです」

「その千円は、今、どこにありますか？」

「結局、返せなかったので、僕が、持っています」

と、古賀は、いってから、リュックサックを車内に忘れて来たことを、改めて、思い出した。

「彼女は、あなたが見ている時には、何も、飲まなかったんですか？」

立花が、聞いた。

「何も、飲みませんでしたね」

「あなたが、ロビー・カーに行った時には、彼女は、もう、そこにいたんですね？」

「そうです」

「それから、彼女が苦しがって、倒れるまで、何分ぐらいあったか、わかりますか？」

「そうですねえ」

古賀は、考えた。

ロビー・カーに入ってから、写真を、まず撮《と》った。それから、彼女が怒ったので、自動販売機で、ビールとジュースを買った。これで、五、六分のものだろう。

このあと、彼女と、短い会話があった。これも、せいぜい、五、六分ぐらいだ。

「十分から十二分だったと、思いますね」

と、古賀は、いった。

「その間、本当に、彼女は、何も飲まなかったんですね？」

立花が、念を押した。この警部が、なぜ、こだわるのか、古賀にも、理由は、わかった。

どこで、毒を飲まされたか、それを疑問に思っているのだろう。

「飲まなかったし、何も、食べませんでしたよ」

「煙草は、どうですか？」

「煙草も、吸っていませんでしたね」

「どうも、わからんな」

立花は、腕を組んで、考え込んだ。

「錠剤で、飲んだか、飲まされたかしたんじゃありませんか。その錠剤の中に、毒を入れておけば、錠剤が胃の中で溶ける時間が、かかりますよ」

古賀がいうと、立花警部は、

「それも考えましたがね。それを調べるには、胃の中をあらためる必要がある。だが、彼女は、まだ生きているから、解剖《かいぼう》は、出来ないんですよ」

と、肩をすくめた。

そうだ。彼女は、まだ生きているのだ、と、古賀は、改めて、思った。

「今度は、僕が、質問して、いいですか？」

と、古賀は、立花を見た。

「どんなことです？」

「彼女の運転免許証を見られたのなら、住所を教えてくれませんか」

「いいですよ」

立花は、手帳を見て、教えてくれた。

東京都世田谷《せたがや》区上北沢《かみきたざわ》だという。

「やはり、東京だったんですか」

「古賀さんは、どこですか?」

「僕も、東京です。ただ、京都で一泊して、写真を撮ったので、『はやぶさ』には、京都から乗ったんです」

古賀は、小田あかりに渡したと同じ名刺を、立花警部にも、渡した。

医者が、待合室に、顔をのぞかせた。四十五、六歳の眼鏡をかけた医者で、佐伯《さえき》という内科の担当だという。

「意識が戻りましたが、身体が弱っているので、長時間の話は無理です」

と、佐伯医師は、立花警部にいった。

「どのくらいなら、いいんですか？」

立花が、聞いた。

「五、六分で、切りあげて下さい」

「まあ、いいでしょう。とにかく、会わせて下さい」

と、立花は、いった。

古賀も、何も質問しないという条件で、病室に入れて貰《もら》うことにした。

三階の二人部屋だった。

カーテンに仕切られて、同室の患者の姿は見えない。

古賀は、立花警部の横から、ベッドの小田あかりを見つめた。

真っ白な顔に見えた。ロビー・カーで見たときよりも、顔が細くなってしまったように見えた。

「聞えますか？」

立花が、のぞき込むように見て、聞いた。

あかりは、上を向いて、寝たまま、黙って、肯《うなず》いた。

「名前は、小田あかりさんですね？」

また、女は、黙って、肯いた。

「あなたは、毒を飲んで、この病院に運ばれたんです。何か、心当りは、ありませんか？」

今度は、彼女は、首を横に振った。

「あなたは、寝台特急『はやぶさ』に、乗っていたんですが、誰か、連れがありましたか？」

「いいえ」

かすれた声を出した。

「本当に、ひとりで、旅行されていたんですか？」

確かめるように、立花が、聞いた。

また、あかりが、顔を、タテに動かした。

「じゃあ、誰が、あなたに、毒を飲ませたんですかねえ?」

「――――」

あかりの眼が、落ち着きなく動いて、それが、古賀のところで、止まった。

古賀は、彼女を励ますように、微笑して見せた。

「特急『はやぶさ』のロビー・カーに行ったことは、覚えていますね?」

「はい」

また、声が出た。

「そこで、何か、飲みませんでしたか?」

「――――」

あかりは、ちらりと、古賀を見た。

「よく、思い出して下さいよ。ロビー・カーで、何か飲みませんでしたか?」

立花は、じっと、あかりの顔を、のぞき込んだ。

「ビールを」

「何ですか?」

「ビールを飲みました」

「自分で、買ってですか?」

「いえ」

「じゃあ、誰かにすすめられたんですか？」

「はい」

「誰にですか？」

「その人です」

相変らず、あかりは、かすれた声でいい、眼を、古賀に向けた。

立花が、じろりと、古賀を見た。

「違いますよ。嘘《うそ》ですよ」

と、古賀が、あわてて、いった。

「しかし、この人が、あなたに、ビールをすすめられたといっている」

「すすめたのは、本当ですが、彼女は、飲まなかったんですよ」

古賀は、なぜ、女が嘘をついたのかわからないままに、一生懸命に、弁明した。

立花は、もう一度、寝ている小田あかりに向って、

「この人が、ビールをすすめたんですね？」

「はい」

「それから、急に苦しくなって、倒れたということですか？」

「ええ。急に、息が苦しくなって――」

「大事なことですから、もう一度、確認しますが、ロビー・カーで、この人に、ビールをすすめられ、それを飲んだら、急に苦しくなったんですね？」

「はい」

「嘘《うそ》ですよ！」

思わず、古賀が、大声を出すと、小田あかりは、怯《おび》えたように、眼を閉じてしまった。

医者が、眉《まゆ》を寄せて、

「困りますね。患者を脅かしては。もう、出てくれませんか。これ以上は、無理です」

といい、古賀や、立花警部を、廊下へ押し出した。

古賀は、当惑した顔で、

「彼女は、嘘をついていますよ」

「しかし、なぜ、彼女が、嘘をつくんです？」

「そんなこと、わかるもんですか」

古賀は、ぶぜんとした顔で、いった。

6

古賀は、大阪府警本部に連れて行かれた。

「これじゃあ、まるで、犯人扱いじゃありませんか」

と、古賀は、連行されるパトカーの中でも、府警本部に着いてからも、抗議した。

立花は、肩をすくめて、

「被害者の言葉を信じる限り、あなたが、毒入りのビールを飲ませたことになりますからね」

「彼女が、嘘をついているんですよ」

「あなたは、前から、彼女を知っていたんですか？」

「いや、『はやぶさ』のロビー・カーで、初めて会っただけですよ。何回、同じことをいわせるんです？」

古賀は、自然に、声が大きくなった。

「そんなに、興奮しないで」

「犯人扱いされれば、嫌でも、かっとするじゃありませんか」

「別に、犯人扱いしているとは思いませんがね。ただ、これは、殺人未遂事件だし、関係者は、被害者の他に、あなた一人しかいないので、事情を、伺っているだけです」

「それなら、早く帰らせて下さいよ。僕は、カメラマンで、写真を撮《と》りに行かなければならないんです。それに、今度の事件については、もう、これ以上、話すことはないんです。僕は、毒入りのビールなんか、彼女に飲ませていない。それだけですよ」

「しかし、被害者は、現実に毒を飲まされて死にかけたし、あなたに、ビールを飲まされたと、いっていますからね。全く、見ず知らずの人間を、犯人に仕立てるようなことは、しない筈《はず》ですよ。嘘をついてまでね」

「警察は、そう考えるかも知れませんが、彼女が嘘をついているんです」

「あなたの言葉が本当だという証拠があれば、いいんですがね」

「ありますよ」

と、古賀は、いった。

「ほう。それなら簡単です。すぐ、帰って頂きますが、どんな証拠ですか？」

「今、何時ですか？」

「午前一時五十二分ですが、それが、どうかしましたか？」

「この時刻なら、あの列車の中で、他の乗客は、みんな眠っていると思いますね」

「そうでしょうね」

「問題のロビー・カーに、他の乗客が入り込むことはないと思うし、車掌さんたちが、現状を、保ってくれていると思いますね。そうなれば、僕が、彼女にすすめた缶ビールとジュースが、そのまま、テーブルに置いてある筈です。僕の指紋もついている。それで、僕が、犯人じゃないことが、わかると思いますね」

「なるほど。調べてみましょう」

「じゃあ、すぐ、連絡してみて下さい。その時に、僕の荷物も、ちゃんと確保しておいてくれるように、頼んでおいて下さい。カメラは、ここに持っていますが、他の荷物は、寝台に置いてきちゃったものですからね」

古賀は、自分の寝台のナンバーを、いった。

立花は、それをメモしてから、電話を、かけてくれていたが、古賀の前に戻って来ると、

「あの列車は、岡山に運転停車するので、その時に、ロビー・カーのテーブルに置かれた缶ビールなどを、全部、ホームにおろして、調べることにしましたよ。岡山県警がやってくれます。それから、あなたの荷物も、岡山駅で保管して貰《もら》うようにしておきました。それで、いいですか？」

と、いった。

「すべてがわかるのは、何時頃になるんですか？」

「三時過ぎになると思いますね。それまでに、あなたのことを、話してくれませんか。それに、あなたの指紋も、採《と》っておきたい」

「指紋？」

「ロビー・カーにある缶ビールに、あなたの指紋がついている筈《はず》なんでしょう？」

「それと、照合するので、あなたの指紋が、必要になるんです」

「ジュースの缶にもですよ」

7

指紋を採られるのは、自分の無実を証明するためでも、嫌なものである。

そのあと、雑談の形ではあったが、古賀は、彼自身のことを、聞かれて、答えた。生年月日、現住所、どんな写真を撮《と》っているのか、友人はいるのか、年収まで、立花警部に、聞かれた。

恐らく、立花は、古賀が犯人だとして、動機は何だろうと考え、それを知りたかったのだろう。東京での生活について、しきりに、質問していたからである。古賀が、東京で、小田あかりと親しくしていて、旅行中に、毒殺しようと企《たくら》んだと、考えたのかも知れない。

岡山県警から、連絡が入ったのは、三時半過ぎだった。

立花は、十二、三分も、電話で話をしていたが、古賀のところへ戻って来た時は、ひどく難しい顔になっていた。

「どうでした？　僕のいった通りだったでしょう？」

古賀が待ちかねて聞くと、立花は、すぐには、返事をせず、黙って、煙草に火をつけた。

「ロビー・カーのテーブルには、缶ビールが、置いてあったそうですよ」

と、立花は、ニコリともしないで、いった。

「そうでしょう。僕のいった通りでしょう」

「しかしね、缶ビールの方は、ふたが、あいていたといっている」

「そんな馬鹿な。僕は、ふたをあけませんでしたよ。一滴も飲まないうちに、彼女が、急に苦しみ出したんです」

古賀は、あっけにとられて、立花に、いった。

「しかし、現実に、見つかった缶ビールは、ふたが、あいていたそうです。それだけじゃない。今、県警に持ち帰って調べているが、中に、どうやら、農薬が、混入されているらしいと、いってますがね。最近、問題になっているパラコートという農薬がです」

と、立花が、いう。

古賀は、ますます、あっけにとられてしまった。

「本当なんですか？」

「岡山県警が、そういっているんです。どうなんですか？　缶ビールに、農薬を入れて、小田あかりに、飲ませたんですか？」

立花は、じっと、古賀を見つめた。

「冗談じゃない！」

思わず、古賀は、大声を出した。

「こちらも、冗談で、聞いているんじゃありませんよ。そして、彼女は、あなたと、被害者の小田あかりの二人しかいなかった。そして、彼女のいう通り、毒入りの缶ビールが発見された。どうなんですか？」

「どうなんですかって、聞かれても、僕にも、わかりませんよ。そんな筈《はず》はないんです。そうだ」

「何です？」

「その缶ビールは、僕の買ったものじゃありませんよ。だから、指紋を照合してみて下さい。さっき、僕の指紋を採ったでしょう。それと、照合して下さいよ。そうすれば、簡単にわかりますよ。それに、彼女の指紋がついているかも調べて下さい。もし、僕が買った缶ビールを、彼女に飲ませたんだとすれば、当然、二人の指紋が、ついている筈でしょう？」

古賀は、勢い込んでいった。

だが、立花は、首を小さく横に振って、

「それは、駄目ですよ」

「どうして、駄目なんですか？　理由を、いって下さい」

「岡山県警で調べたところ、問題の缶ビールからは、全く指紋が検出されなかったと、いっているんです」

「どういうことですか？　それは」

「まあ、こういうことでしょうね。犯人は、ロビー・カーの中で、被害者の小田あかりに、毒入りの缶ビールを飲ませた。彼女は、当然、その場に倒れる。犯人は、急いで缶ビールについている自分の指紋を、拭《ふ》き取った。彼女の指紋も、当然、消えてしまったということです」

「まるで、僕が、そうしたみたいじゃないですか」

「他に、解釈の仕方がありませんからね」

「僕が、犯人だったら、なぜ、あわてて、車掌に知らせたんです？　そうでしょう？　僕が犯人なら、さっさと、自分の席に戻って、寝てしまいますよ」

「そこまでは、私も、まだ、考えていませんがね。あなたにとって、不利な状況になったことは、確かですね」

「じゃあ、すぐ、帰らせてはくれないんですか？」

古賀は、だんだん、不安になって来た。

小田あかりが、嘘《うそ》をついた時には、当惑と怒りを覚えたが、「はやぶさ」のロビー・カーを調べて貰《もら》えば、彼女の嘘がわかると楽観していたのである。

しかし、それが、怪しくなってくると、警察は、最初から、古賀が嘘をついていると、思うだろう。

「しばらく、ここにいて貰わなきゃならんでしょうね」

立花は、冷たい口調でいった。言葉遣いは、まだ丁寧《ていねい》だが、その表情を見ていると、古賀を、犯人視しているのは、明らかだった。ただ、立花に迷いがあるとすれば、古賀が犯人として、毒入りの缶ビールを飲ませた動機が、わからないということなのだろう。

「ジュースは、どうだったんですか?」

古賀は、聞いてみた。

「ジュース?」

「そうです。僕は、ロビー・カーの自動販売機で、缶ビールと、缶ジュースを買ったんです。その二つを、彼女にすすめたんですよ。その缶ビールのふたがあいていて、除草剤のパラコートが、入っていたというんでしょう? それなら、缶ジュースの方は、どうなっていたんですか? そちらにも、パラコートが入っていたんですか?」

古賀は、食いさがった。

立花は、ちょっと、あわてた顔になって、また、岡山県警に、電話をかけに立ち上った。

しかし、戻って来た時は、前より一層、冷たい表情になっていた。

「缶ジュースなんか、ロビー・カーには、なかったといっているよ」

と、立花は、明らかに、口調を変えて、いった。

古賀が、悪あがきをしていると思ったらしい。

「それは、おかしいですよ。僕は、彼女が、ビールとジュースのどちらが好きなのかわからないので、自動販売機で、両方買ったんです。だから、ロビー・カーのテーブルには、両方が、載っていなければ、おかしいんですよ」

古賀は、必死になって、説明した。

「だが、缶ジュースなんか、なかったんだ。ロビー・カーにあったのは、パラコート入りの缶ビールだけだ」

「誰かが、僕を罠《わな》にかけたんだ」

古賀は、他に、考えようがなかった。

立花警部は、眉《まゆ》をひそめて、

「誰が？」

「わかりませんよ。僕が、ロビー・カーで、彼女と会って、缶ビールと、缶ジュースをすすめた。彼女は、そのあと、倒れて、僕はあわてて、車掌に知らせに行ったんです。その時には、缶ビールも、缶ジュースも、ふたはあけていませんよ。それが、あいていて、パラコートまで入っていたとなると、誰かが、そうしたんです。そいつは、缶ジュースの方は、持ち去ったんですよ」

「なぜ、そんな面倒くさいことをするのかね？　理屈に合わないじゃないか」

「僕は、犯人じゃないから、知りませんよ。犯人は、あの時、『はやぶさ』に、乗っていたんです。乗客全員を調べてくれれば、犯人が、見つかりますよ」

「そんなことが、出来ると、思っているのかね？」

立花は、むっとした表情で、いった。

「殺人未遂事件なんでしょう？　それに、犯人が、『はやぶさ』に乗っていたことは、間違いないんです。そいつは、彼女に毒を飲ませ、無関係な僕を、犯人に仕立てあげたんですよ。そいつは、大阪駅で降りていないんで、まだ、『はやぶさ』に、乗っている筈《はず》です。『はやぶさ』は、岡山に、運転停車しますが、ここでは、乗客を降ろしません。『はやぶさ』が、次に停車するのは、岩国《いわくに》で、確か、午前五時七分です。今、まだ、四時にはなっていないでしょう？　それなら、ゆっくり、乗客の一人一人に、当ることが出来る筈ですよ。特に、彼女に近い寝台にいた乗客を調べれば、その中に、犯人がいると、思うんです」

古賀は、一生懸命に、考えながら、立花に訴えた。

古賀にしてみれば、十分に、説得力がある推理だと思ったのだが、立花の顔は、古賀が、熱心に話せば話すほど、苦々しい表情になっていった。

「どうも、自分の置かれた立場が、わかっていないようだね。『はやぶさ』の乗客全員を調べるのは、誰が犯人か、わからない時だ。だが、犯人は、わかっている。それなのに、なぜ、乗客全員を、調べなければいけないのかね？」

「僕が、犯人というわけですか？」

「他に、誰がいるんだ？　問題のロビー・カーには、二人しかいなかった。君と、被害者だ。被害者は、君に、缶ビールをすすめられて飲んだといっている。そして、缶ビールから、除草剤のパラコートが、出た。証拠は、完全なんだよ」

「僕じゃありませんよ。第一に、僕には、動機がない。それに、僕が犯人なら、彼女が倒れたあと、わざわざ、車掌に知らせたりしませんよ。さっさと、逃げますよ。違いますか？」

「君が逃げていれば、警察は、乗客全員を調べることになったろう。そうなってから、彼女と関係があるとわかったのでは、自分が不利になると思ったんだろう。動機は、調べていけば、浮びあがってくるさ。それとも、『はやぶさ』の自動販売機に、誰かが、パラコート入りの缶ビールを、仕掛けておいたとでもいうのかね？」

「そんなことは、いっていませんよ。ただ、おかしいと、いっているんです」

「もう一度、聞くが、君は、小田あかりを、全く知らないんだな？」

「知りませんよ。今度、『はやぶさ』のロビー・カーで会ったのが、初めてなんです。いくらでも、調べて下さい。調べて貰《もら》えば、僕と彼女が、何の関係もないことが、わかると思いますからね。早く調べて、僕を釈放して下さいよ。それほど売れていませんが、これでも、仕事を抱えているんです。締切りのある仕事をね」

「ブルートレイン『はやぶさ』に乗った理由は、何だね？」

立花警部は、改まった口調で、聞いた。それは、明らかに、訊問《じんもん》だった。

「九州の写真を撮りに行くためですよ」

「新幹線か、飛行機を使った方が早いのに、なぜ、ブルートレインを利用したのかを、聞いているんだ」

「それは、僕が、ブルートレインが、好きだからですよ。それに、今度、『はやぶさ』に、ロビー・カーというのが増結されたと聞いていたので、どんな車両か、見てみたかったんです。だから、夜中だったが、ロビー・カーに、行ってみて、彼女に、会ったんです」

第二章　女の周辺

1

警視庁捜査一課の十津川《とつがわ》警部は、大学時代の友人で、現在、中央新聞社会部のデスクの田口《たぐち》から、急に、会いたいという電話を貰《もら》った。

警視庁近くの喫茶店で、会った。

いつも元気のいい田口が、珍しく、沈んだ顔をしている。

十津川は、コーヒーを二つ注文してから、

「どうしたんだ？」

と、聞いた。

「昨日、いや、今朝かな。下りの『はやぶさ』の車中で、若い女の乗客が危うく、殺されかけたんだが、知っているかね？」

田口が、逆に、聞き返した。

十津川は、煙草に火をつけてから、

「知ってるよ。大阪府警が、担当だが、被害者と、容疑者が、どちらも、東京の人間なんで、調査依頼があったんでね」

「それなら、話し易《やす》い」

と、田口は、いった。

「小田あかりという被害者が、君の親戚《しんせき》か何かなのか？」

「いや、容疑者の古賀というカメラマンの方を、知ってるんだ」

「そういえば、僕や君と同じ四十歳だったな」

「高校で一緒だった。同じサッカー部でね。そんなこともあって、晩秋の九州の写真も、うちで頼んだ仕事なんだ」

「ほう。その仕事で、九州へ行く途中で、事件にぶつかったというわけか」

十津川は、興味を持って、肯《うなず》いた。

「そうなんだよ。あいつは、人殺しの出来るような人間じゃないんだ」

「そういう言葉は、あまり、意味がないよ。事件は、それらしい人間が起こすとは、限らないからね。事件が起きて、犯人が捕まると、みんな、同じようにいうんだ。あの人が、犯人だなんて信じられない。人殺しが出来るような奴じゃないとね」

「彼は、本当なんだ。君の感触ではどうなんだ？」

「何が？」

「わかってるじゃないか。彼が、犯人と思うか、どうかだよ」

田口がいう。十津川は、苦笑した。

「大阪府警から、要請を受けたばかりで、まだ、調査に入っていないんだ。だから、わからんよ」

「しかし、君は、長い間、刑事をやってるんだ。話を聞いて、どう思ったか、君の直感を聞かせて欲しいんだがね」

「向うの話を聞いた限りでは、容疑は、濃いと、思ったね。『はやぶさ』のロビー・カーには、被害者と、容疑者しかいなかった。そして、容疑者の古賀は、彼女に、缶ビールをすすめ、彼女は、ビールを飲んで、危うく死にかけた。使用された毒薬は、今、ドリンク剤で問題になっているパラコートらしい。どうも、不利だね」

「古賀は、彼女を、全く知らないと、いっているんだ。『はやぶさ』に乗って、初めて会った女だといっている」

「それは、大阪府警の方から聞いたよ」

「だが、警察は、信じていないんだろう？」

「だろうね。大阪府警は、犯人だと思っているからね」

「君に頼む筋合いのものじゃないことは、わかっているんだが、といって、大阪府警には、一人も、知り合いがいないんでね」

「いくら、私でも、クロをシロには出来ないし、今度の事件は、あくまで、大阪府警の捜査していることだからね」

十津川が、いうと、田口は、わかっているというように、肯《うなず》いて、

「おれだって、クロをシロにしてくれといってるんじゃない。シロなのに、間違って、犯人にされては可哀そうだと思っているんだ。今もいったように、奴は、人を殺せるような男じゃないんだ。それに、大阪には、友人もいないだろうしね。おれが、すぐ行ってやれればいいんだが、そういうわけにもいかなくてね」

「古賀という人のことを、くわしく話してくれないか」

と、十津川は、いった。

2

「奴は、カメラマンだから、奴が撮《と》った写真に、性格がよく出ていると、思うんだよ。それで、これを持って来た。見てくれれば、どんな人間か、想像がつくと思う」

田口は、一冊の写真集を、十津川に、渡した。

かなり厚いものだった。「ある日、ある所で」という題がついている。

十津川は、ぱらぱらと、めくってみた。

日本のさまざまな場所で、いろいろな人たちを撮っていた。何の脈絡もなく、人間たちを写しているのだが、それが、全体として、日本人を表現することになっている。

「あとで、くわしく見せて貰《もら》うよ」

と、十津川は、いい、写真集を、横に置いてから、

「彼は、結婚しているのかね？」

「二年前、別れている」

「理由は？」

「そんなことまで、必要なのか？」

「あらゆることを、調べる必要があるんでね」

「わかったよ。奥さんが、他の男と一緒に、逃げてしまったんだ。古賀が、仕事で、海外に行っている時にだ。それで、離婚した」

「理由は、何だい？」

「おれだって、くわしくは知らないんだが、前から、上手《うま》くいってないらしいことは、聞いていたんだ。まあ、ありきたりの言葉になってしまうが、性格の不一致というやつかな」

「子供はいなかったのか？」

「ああ、いなかった。だから、古賀も、別れられたんだと思うね」

「すると、二年間、やもめ暮しだったことになるね」

「ああ、そうだ」

「再婚という話は、なかったのか？」

「いくつかあったよ。おれだって、話を持って行ったことがある。いい奴だからね」

「見合いもしなかったのか？」

「しばらく、独りでいたいといってね。押しつけても仕方がないので、最近は、再婚話を、持っていかなかったんだ」

「別れた奥さんに、まだ、未練があるということじゃないのかな？」

「まさかね。自分を裏切った女だよ」

「しかし、何年も一緒に暮したんだろう？」

「七、八年かな」

「それなら、未練があっても、おかしくない」

「何がいいたいんだ？　まさか、それが、動機で、見も知らぬ女に、毒を飲ませようとしたなんていうんじゃないだろうね？」

田口が、じろりと、十津川を、睨《にら》んだ。

「未練じゃ、動機にはならないよ。相手は、別れた奥さんじゃないんだからね。むしろ、奥さんが、自分を裏切ったので、それが、女性全体への憎しみになっていたというのなら、動機になる。農薬のパラコートを、常に持ち歩いていて、女性を見ると、それを飲ませる。自分を裏切った奥さんへの、それが、屈折した復讐《ふくしゅう》というわけだ」

「止《よ》してくれよ。おれは、君に、古賀を助けてくれと、頼んでいるんだぜ」

「そういう動機だって、考えられるということさ」

「古賀は、そんな偏屈《へんくつ》な人間じゃないよ。その写真集は、彼が、離婚したあとで、出したものだ。人間、特に、女性を見る眼は、温かいよ」

「古賀という人は、とっつきの悪い方かね？」

「おれにとっては、気心の知れた親友だが、初めての人には、どうかな。カメラマンというのは、カメラを持っている時には、おれなんかが、びっくりするほど、図々しくなるもんだが、カメラを持ってないと、人が変ったみたいに、大人しくなったりするからね」

「事件の時は、カメラを持っていたんだ」

「ああ、そうらしい。だから、女の名前なんかも聞いたんだろうし、ビールや、ジュースを、すすめたんだと思うね。逆にいえば、それだけ、邪心がなかったことになるんじゃないか？　カメラマンとしての古賀にとって、彼女は、好ましい風景の一つだったということなんだからね」

「君は、高校を卒業したあとも、彼と、つき合っていたわけだろう？」

「ああ。だから、今もいったが、うちで、仕事を頼んだりもしたんだよ」

「ブルートレイン『はやぶさ』のロビー・カーの写真を撮《と》ることも、仕事の一つだったのか？」

「いや、こちらで頼んだのは、晩秋の九州ということだった。しかし、その途中のブルートレインの中の風景も混えれば、一層、リアリティが出てくると、古賀は考えたんだろう。それに、最近、ブルートレインに対する一般の関心も、強くなっているからね」

「彼は、京都に一泊してから、『はやぶさ』に乗っている。京都の写真は、君のところの仕事じゃないのか？」

「いや、それは、他の週刊誌の仕事だと、いっていた」

「小田あかりという女性は、本当に、古賀とは、関係のない女なのか？」

「彼は、ないといってるんだ」

「彼女の写真は、手に入れてるのか？」

「いや、名前は、聞いたが、写真は、まだだ。大阪支局から、送ってくることになっているんだが」

「じゃあ、見てみろよ。これが、彼女だ」

十津川は、大阪府警から電送して来た小田あかりの顔写真を、田口に見せた。

「驚いたね」

と、田口が、受け取りながら、いった。

「知ってる女なのか？」

「そうじゃない。君が、用意がいいのに驚いているんだ。まさか、おれが、何を頼むかわかっていたんじゃないだろうね？」

田口が、いった。

十津川は、笑って、

「丁度《ちょうど》、君から電話があった時、その写真が、大阪府警から電送された直後だったんだ。それで、反射的に、写真をポケットに入れて、飛び出して来てしまったんだ」

3

田口は、コーヒーを口に運びながら、テーブルに置いた写真を、何度もくり返して、見ていた。

「古賀が、写真に撮《と》りたかった理由が、わかるような気がするね。美人だよ。それも、どこか、陰のある美人だ。カメラマンなら、何となく、シャッターを、押したくなるんじゃないかね」

「美人という点は、同感だ」

と、十津川は、いった。

「そうだろう。カメラマンの古賀は、彼女にカメラを向けた瞬間、惚《ほ》れたんだよ。惚れた女を、毒殺なんかするかね？」

「さあね、カメラマンじゃないから、わからないが、古賀という人が、その女性を、撮りたかったのだけは、わかる気がするね。もう一度、聞くが、君は、本当に、この女性を、知らないのか？」

「ああ、知らないよ」

「古賀カメラマンの別れた奥さんに、どことなく似ているんじゃないのか？」

十津川が、聞くと、田口は、一瞬、口ごもったあと、

「似てないと思うがね」

と、だけ、いった。

十津川は、それ以上、しつこく、聞かなかった。田口の態度から見て、どうやら、小田あかりの顔は、古賀の別れた妻に似ているらしいと、思ったからである。

田口と別れて、警視庁に戻ると、十津川は、亀井《かめい》刑事を呼んで、

「この女性について、調べてくれないか。名前は、小田あかりだ。住所は、大阪府警から、知らせて来ている筈《はず》だ」

「わかっています。男の方は、調べなくて、いいんですか？」

「古賀の方は、私が、調べるからいい。その女は、特に、男関係を調べてくれ」

十津川は、念を押すようにいい、亀井が、若い清水《しみず》刑事を連れて、出かけると、田口がくれた写真集を手に取った。

椅子《いす》に、身体を埋めるようにして、ページを、めくっていった。

ひなびた田舎《いなか》のあぜ道で、食事をしている農家の若夫婦の写真。

そうかと思うと、若いタレントに熱狂している少女の顔。その顔は、まるで、深い信仰の中にいる少女のように、恍惚《こうこつ》の表情だ。

老人の写真もある。

孫と遊んでいる幸福そうな老人の写真の次のページには、ベッドに横たわっている孤独な老人の顔がある。

画家の顔があれば、警察官の顔もあった。

共通しているのは、どの顔も、人間臭いということである。それに、彼等を見ているカメラマン本人の顔が、想像できる楽しさもあった。

若い女性の写真も、もちろん、ある。

有名なタレントの顔が、微笑している。かと思うと、オーディションを受けている少女の必死の顔もあった。

(似ているな)

と、思ったのは、何人か出てくる若い女性の顔が、小田あかりという女に、どことなく似ていることだった。それはつまり、古賀の別れた奥さんと、似ていることでもあるのだろう。

夕刊が、配られてきて、広げてみると、事件のことが、載《の》っていた。

他に、これといった事件のなかった日のせいか、かなり大きな扱いだった。


〈ブルートレインの中でも、毒入りドリンク騒ぎ!〉

〈『はやぶさ』の車中で、女性客狙《ねら》われる!〉


そんな見出しの記事だった。

救急車で運ばれて、危うく一命を取り止めた小田あかりの顔写真が、出ていた。

(OLの小田あかりさん)

と、書いてあったが、くわしいことは、書いてなかった。

同じ乗客の一人が、重要参考人として、大阪府警で、事情を聞かれているともあったが、名前は、Kさんとしか出ていなかった。もちろん、写真もない。

亀井は、夕刊の記事に眼をやってから、

「小田あかりは、もう、ＯＬじゃありませんよ」

と、十津川に、いった。

「違うのか？」

「九月までは、ＯＬでした。大原鉄鋼という会社の部長秘書です。それが、一身上の都合で、辞《や》めています。郷里が、九州の久留米《くるめ》ということですから、『はやぶさ』で、帰郷するところだったんじゃないかと思います」

「一身上の都合というのは、結婚ということかね？」

「それが、はっきりしないんですよ。会社は、一身上の都合の一点張りでしてね。確かに、そう書かれた退職願は、出ては、いるんです」

「しかし、カメさんは、納得していない顔だねえ」

「彼女の友だちに会ってみたんですが、どうも、辞めたくて、辞めたんじゃないという声が、多いんです。それに、結婚の話が、持ち上っていた形跡もありません」

「部長秘書といったね？」

「そうです。企画部長秘書です」

「その部長は、どういってるんだ？」

4

「それが、現在、アメリカに出張中で、帰国するのは、来週になるということで、話を聞けませんでした」

と、亀井が、いった。

「出張中か」

「名前は、原口昭《はらぐちあきら》。四十八歳です」

「若いんだね」

「大原鉄鋼の中でも、出世頭《がしら》だそうです。重役は、十八人いるんですが、四十代は、原口一人です」

「もちろん、結婚しているんだろう?」

「四十一歳の奥さんと、大学に行っている娘が、います」

「社会的地位も恵まれ、家庭にも恵まれているということか」

「まあ、そうでしょうな」

「その原口という部長と、小田あかりの間に、何かあって、それで、彼女が、会社を辞《や》めたということはなかったのかね? ちょっと通俗的な推測だが」

「そこが、はっきりしないのです。原口昭の写真を借りて来ましたが、なかなか、ハンサムです」

亀井が、写真を、十津川に見せた。

確かに、いい顔をしている。若い時は、ちょっと整い過ぎていて、損をしたかも知れない顔だが、それに、落ち着きが加わって、いい顔になっている。そんな感じがした。

「これなら、部下の若い女性社員にもてるんじゃないかね。羨《うらや》ましいね」

十津川は、冗談とも、本音ともつかない調子で、いった。男は、いや、女だって同じだろうが、何歳になっても、もてた方がいい。

「被害者の小田あかりも、美人だそうですから、二人が、男と女の関係になっていたとしても、おかしくはありませんね」

と、亀井が、いった。

「周囲の人間は、二人について、何といってるんだ？」

「それが、まちまちなんです。部長は、奥さんを愛しているし、潔癖な人だから、自分の秘書に手をつけるような真似《まね》をする筈《はず》がないという社員もいますが、反対に、二人は出来ていて、彼女が辞《や》めたのも、部長と毎日顔を合せているのが苦しくなったからだという人もいますね」

「なるほどね」

「さらに、こんな話をしてくれた社員もいるんです。原口部長が、二週間のアメリカ出張になったのは、スキャンダルになるのを防ぐためだったんじゃないかと」

「会社側が、そうしたということか？」

「まあ、そうですね。大原鉄鋼は、一部上場の会社です。そこの部長が、秘書との間に関係が出来て、秘書が辞めたとなると、週刊誌ダネになる危険がある。それで、急《きゅう》遽《きょ》、海外へ、出張させたということなんです」

「誰が、いってるんだ？」

「企画部の社員の何人かです。ただ、名前は伏せてということですが」

「会社は、もちろん、否定しているんだろう？」

「そうですね。原口部長のアメリカ出張は、前から決っていたことで、小田あかりの辞めたことには、全く関係ないといっています。私は、加藤《かとう》という取締役に聞いたんですが、そんな質問をされることすら心外だという顔をしていましたね」

亀井が、肩をすくめたのは、多分、その時のことを、思い出したのだろう。

「小田あかりの周辺から、古賀というカメラマンの名前は、出て来ないかね？」

「今のところ、出て来ていません。ただ――」

「ただ、何だい？」

「彼女は、美人なので、社内報に、写真が、載《の》ったことがあるそうなんです。ひとりでではなく、何人かとですが。その写真を撮《と》ったのは、外部のカメラマンだというのです」

「そのカメラマンが、古賀じゃないかというのか？」

「大原鉄鋼の広報の人間も、その時のカメラマンの名前は、覚えていませんでした。古賀という名前を、出してみたんですが、わからないと、いっていましたね」

「いつ頃、撮った写真なんだ？」

「これです」

と、亀井が、丸めて持って来た雑誌を、十津川の前に置いた。

「おおはら」という社内報である。グラビアページの多い、ぜいたくな作りだった。

二年前の夏である。

グラビアページの中に、七人の若い女性が、並んで写っている写真があった。社内の各部局から、推薦《すいせん》された美人である。

その中に、確かに、小田あかりもいた。写真を撮ったカメラマンの名前は、載っていなかった。

もし、そのカメラマンの名前が、古賀だったら、田口の友人の立場は、ますます、悪くなって来るだろう。

5

夜になって、また、田口が訪ねて来た。

「どうだった？」

と心配そうに聞く田口に、十津川は、だいたいの調査状況を伝えた。

「二年前の写真ねえ」

と、田口は、首をかしげて、

「古賀は、彼女のことを、初めて会ったと、いっているんだが」

「この社内報の編集責任者に、電話してみたんだが、カメラマンの名前は、覚えていないというんだ。有名なカメラマンじゃなかったことだけは、覚えているといっていたがね」

「もし、それが、古賀だったら、彼の容疑は、今よりも濃くなってくるな。少くとも、警察は、そう見るだろうな。二年前に、彼女の写真を撮ってから、ちょっかいを出していたが、断わられていたので、腹を立てていたということで、動機が、出来てしまう」

「大原鉄鋼は、どういう会社なんだ？」

　十津川が、聞くと、田口は、戸惑いの表情になって、

「どういう会社といわれてもね。鉄は、今、輸出不振と、需要減で、どの会社も、苦しい筈《はず》だよ。操短と、人員カットで、四苦八苦だろうね。しかし、大原鉄鋼は、大手だから、潰《つぶ》れることは、考えられないがね」

「そんな時期に、企画部長が、二週間にわたって、アメリカへ行くというのは、どうかな？」

「輸出不振というのは、つまり、アメリカへの輸出が、不振ということだからね。その打開を図るために、部長が、アメリカへ行くというのはわかるが、企画部長が行くというのは、おかしいね。行くとしたら、営業部長だろう。それとも、向うの企業と、技術提携の話でもあるのかな」

「原口という企画部長が、アメリカで、何をしているのか、君の方で、調べられるかね？」

　と、十津川は、聞いてみた。

「向うの支局に、連絡してみるよ。もし、小田あかりが、会社を辞《や》めたことと、その企画部長の渡米が、関係があることになったら、どうなるのかね？」

　田口が、首をかしげて、十津川を見た。

「そうだな。彼女が、今でも、その部長に未練を持っていたとすると、傷心の帰郷と

いうことになる。深夜の列車の中で、自殺しようとしたということも、考えられるね。使用した農薬のパラコートは、故郷に帰ってから、死のうと思って、彼女が、持っていたものかも知れない」

十津川が、いうと、田口は、眼を輝かせて、

「それだ、きっと。夜行列車に乗っていて、じっと、窓の外を眺めていると、男のおれだって、ひどく神妙な気持になっちまうからね。落ち込んでいる時なんか、さらに、落ち込んで、反省しなくてもいいことまで、反省してしまうんだ。よく電車に飛び込み自殺をする人がいるが、鉄道というものには、そんな、妙な雰囲気があるんじゃないかね」

と、熱っぽく、いった。

十津川は、苦笑した。

「あんまり、自分に都合よく考えなさんなよ。自殺未遂の可能性もあるというだけなんだ。それに、自殺しようとしたのなら、なぜ、助かった時、古賀を、犯人だといったのか、その理由が、わからなくなるよ」

「バツが悪かったんだよ、きっと」

「バツが悪い？」

「そうさ。自殺未遂ぐらいバツの悪いものはないぜ。その上、自殺の理由を、あれこ

れ、質問される。もし、オフィス・ラブの破綻《はたん》が原因だとすると、彼女は、自分が振られたことが、明るみに出てしまう。だから、とっさに、古賀に、毒を飲まされたと、いったんだよ。古賀こそ、いい迷惑なんだ」

「そういう解釈もあるか」

「あるよ。大いに、あるさ」

田口は、それで決まりみたいないい方をした。

6

十津川は、田口が帰ってから、大阪府警本部に、連絡を入れた。

府警で、この事件の捜査に当るのは、立花という警部である。

十津川は、こちらで調べたことだけを話し、田口の意見などは、もちろん、話さなかった。

「社内報の件は、興味が、ありますね」

と、立花は、いった。

「しかし、その写真を撮《と》ったのが、古賀かどうか、わかりませんよ。写真を送りますから、本人に、確かめて下さい」

「そうしてみますが、古賀が、撮ったものでなくても、古賀には、不利な材料だと思いますよ」

と、立花警部は、いった。

「なぜですか？」

「その写真は、外部のカメラマンに、撮らせたものでしょう？」

「そうです」

「カメラマン同士は、交流があると思うんですよ。小田あかりの写真を撮ったカメラマンが、美人だろうといって、古賀に、その写真を見せたということも、考えられますからね。可能性は小さくても、それで、古賀が、小田あかりとつながったことも、あり得るわけです」

立花は、冗談で、いっているのではなかった。

(そういう考え方もあるのか)

と、十津川は、思った。

大阪府警は、古賀が、「はやぶさ」のロビー・カーの中で、小田あかりに、パラコート入りの缶ビールを飲ませたと思っている。これからも、その線で、考えを進めていくだろう。

それに、最近、日本全国で、農薬のパラコートを使った犯罪が、頻発《ひんぱつ》している。自動販売機のドリンク剤に、パラコートを入れる犯罪だ。

すでに、十人近い死者が出ているのに、犯人は、一人も捕まっていないのだ。

こうした無差別殺人を、止《や》めさせる一番いい方法は、犯人を逮捕することである。もし、古賀が、犯人として逮捕され、公表されれば、他の犯人に対して、絶好の警告になるだろう。

しかも、ブルートレインの中に置かれた自動販売機ともなれば宣伝効果は、抜群である。

大阪府警が、この事件に、力を入れている理由も、わかる。

「古賀は、どうしていますか？」

と、十津川は、聞いてみた。

「いぜんとして犯行を否認していますよ。まるで、おうむみたいに、同じ言葉の繰り返しです。被害者が嘘《うそ》をついている。彼女とは、『はやぶさ』のロビー・カーで初めて会った。パラコートなんか、手にしたこともない。自動販売機で買った缶ビールは、ふたをあけなかったとですよ。しかし、缶ビールのふたは、あいていたし、その中には、パラコートが、混入されていたんですよ」

「被害者の小田あかりの様子は、どうですか？」

「彼女は、まだ、入院しています。死線は、ひとまず越えたと、医者は、いっていますが、とにかく、毒を飲んだんですからね。例のパラコート入りのドリンクを飲んで、二週間後に死亡した例もあるので、慎重に、様子をみているといったところです」

「彼女の証言も、変らないんですか？」

「変っていません」

「彼女が、一人で、『はやぶさ』に乗ったのかどうか、気になるんですが、その点は、どうなんですか？　誰か、彼女と一緒に、乗った人間が、いたんじゃありませんか？」

「食堂車のウエイトレスが、被害者を見たと、証言してくれました。午後七時頃、彼女は、ひとりで、食堂車にやって来て、ビールと、関門定食を注文したそうです。食べ終って、出て行くまで、誰とも、話をしなかったそうですよ。その伝票を、ファックスで、送って貰《もら》いましたが、間違いなく、一人前の伝票でした」

「そうなると、連れはなく、一人で、東京駅から乗ったということになりますか？」

「断定は出来ませんがね。古賀は、それを知っていたんじゃありませんかね」

「と、いいますと？」

「古賀は、小田あかりが、『はやぶさ』で、久留米に帰郷することを知っていた。京都から、彼女に電話をかけ、どうしても話したいことがあるから、列車が、京都を出たあと、ロビー・カーにいてくれと、いった。彼女は、何事だろうと思い、その時刻に、ロビー・カーに、行っていた。古賀は京都から乗り込むと、車内の自動販売機で、缶ビールを買い、それに、パラコートを入れて、彼女に飲ませた。もちろん、殺すつもりで。考えられるストーリィですよ」

立花は、自信のあるいい方をした。

「しかし、立花さん。それなら、古賀は、なぜ、わざわざ、車掌に、知らせたんですかね？　知らん顔をして、自分の席に戻っているか、次の大阪駅で、降りてしまえば、今みたいに、捕まらなかったんじゃありませんか？」

「二つ考えられますね。一つは、あとで、調べられて、自分も、同じ列車に乗っていたことがわかると、かえって、不利になると思ったんじゃないかと、いうことです」

「もう一つは、何ですか？」

「逃げようとした時、人の気配がしたのではないかということです。ロビー・カーから、あわてて逃げるところを目撃され、しかも、そのロビー・カーに、毒殺死体が、横たわっていたとなったら、もう、完全に不利になりますからね。あわてて、車掌に知らせたのではないかと、いうことです」

「小田あかりの家族が、見舞いに、来ましたか？」

「こちらで、久留米の彼女の実家に、連絡したので、今日、母親が、駆《か》けつけました。今、病院に、付き添っています」

「本当に、ブルートレインの『はやぶさ』で、帰郷することになっていたんですかね？」

「母親に聞いたところでは、その通りですね。『はやぶさ』は、午前九時四一分に、久留米に着くので、その時間に、迎えに行くことになっていたと、いっています」

「他に、母親は、何かいっていませんでしたか？」

「どんなことですか？」

「小田あかりが、大原鉄鋼を辞《や》めることになったいきさつといったことです。大会社の部長秘書というのは、かなり魅力のあるものじゃないかと、思うんですよ。なぜ、突然、辞めてしまったのか？　結婚のためなのか、そんなことを知りたいんですが。いや、そちらの捜査の邪魔をしようということは、全く、考えていません。ただ、ちょっと、気になったものですからね」

「明日にでも、母親に会って、聞いてみましょう」

と、警部は、いってくれた。

7

翌日になって、まず、田口から、十津川に、電話が入った。

「君のいった原口企画部長のことを、調べたよ」

と、田口が、いった。

「それで、どうだった？」

「うちのロス支局の話だと、原口は、ロスで、アメリカのKスチールの役員と会っているそうだ。原口自身の話だと、大原鉄鋼と、Kスチールの間で、技術提携の話があるんだそうだよ」

「それなら、彼が、アメリカに行っていても、おかしくはないんだろう？」

「そうなんだが、Kスチールについては、こういう話もあるんだ。Kスチールそのものが、二流の会社でね。技術提携しても、なんのプラスにもならない筈《はず》だというのさ。大原鉄鋼が、Kスチールと提携する理由がわからないとも、いっていた」

「どういうことなんだ？」

「おれにも、わからないよ。大原鉄鋼が、本当の意図を隠しているのかも知れない。つまり、Kスチールは、ダミーで、本当の狙《ねら》いは、USスチールのような大企業との提携ではないかという見方だ。しかし、この線は、まず、ないね」

「すると、原口企画部長が、マスコミの眼を逃れるために、アメリカに行った。そして、もっともらしく、Kスチールの役員と、会ったりしているということも、考えられるということかい？」

「そうなんだが、証拠はない」

「大原鉄鋼の企画部長と、秘書とのスキャンダルは、ニュースになるのかね？」

「新聞は書かないが、週刊誌の恰好《かっこう》のネタになるね。それは、間違いない」

「企業の信用に、傷がつくかね？」

「昨日もいったが、鉄は、今、不況産業の最たるものだ。そこへ、部長と秘書のスキャンダルとくれば、泣き面に蜂《はち》だよ。社員の士気にも、影響してくる」

「それで、秘書は、因果を含ませて、退職させ、部長は、アメリカに、しばらく、やっておき、ほとぼりがさめてから、帰国させるか」

「かも知れないね」

「原口部長の奥さんは、どんな人なんだ？」

「会長の娘だ。大原鉄鋼は、同族会社でね。社長は、会長大原徹《おおはらとおる》の弟が、なっている」

「すると、原口は、会長の娘と結婚したということは、大原一族に、入ったということになるわけだな」

「だから、余計、大原鉄鋼では、彼のスキャンダルを隠したがったのかも知れない。スキャンダルが、あったとしての話だがね」

「原口の奥さんに、会ってみたくなったね」

「会って、彼女の口から、夫と、小田あかりの仲が、証言されれば、古賀は、助かる。そうだろう？」

「有利にはなるだろうね」

「頼む。会ってみてくれ」

と、田口は、いった。

その電話が終ると、待っていたように、大阪府警の立花警部から、連絡が入った。

「二つ、お知らせすることがあります」

と、立花は、いった。

「一つは、例の社内報の写真の件です。古賀に、話しましたところ、そんな写真は、撮《と》ったことがないといいました」

「何か、信じないような口振りですね？」

「そうです。念のために、古賀の属しているＪＣＡという写真家のグループに、電話して聞いてみたのです。そうすると、ＪＣＡでは、大企業の社内報の写真を引き受けていて、カメラマンに、やらせているというのですよ。もちろん、古賀も、いくつか、やっていると、いっていましたよ」

「大原鉄鋼の社内報の写真を、撮っているというのですか？」

「いや、それは、はっきりしませんがね。古賀は、社内報の仕事は、やったことがないと、否定しているんですから、これは、明らかに、嘘《うそ》です。もう一つですが、小田あかりの母親の証言です。母親の名前は、文子《ふみこ》ですが、彼女は、娘から、上司との関係については、何も聞いていないと、いっています。私が、噂《うわさ》が出ているというと、むきになりましてね。これも、娘が、いい年齢《とし》をして、独りでいるからいけない。治って、故郷《くに》に帰ったら、すぐ、結婚させたいと、いっていましたよ」

「母親としたら、当然の言葉でしょうね。小田あかりは、どうですか？　良くなっていますか？」

「そうですね。かなり、良くなっていると思います。医者は、あと、四、五日すれば、退院できるだろうと、いっています」

「彼女の証言は、その後、変りませんか？　相変らず、古賀が、パラコート入りの缶ビールを飲ませたと、いっているんですか？」

「証言は、変っていませんね。昨日も、母親の証言を貰《もら》ったあとで、小田あかりに、確かめましたが、古賀に、缶ビールを貰って飲んだあと、気持が悪くなったと、いっていますよ」

「証言は変えずにいるということですね？」

「そうです。彼女の証言には、一貫性があります」

立花は、きっぱりと、いった。

そのいい方には、犯人は、古賀に違いないのだから、傍《はた》から、余計なことは、いってくれるなというニュアンスが、感じられた。

当然だと、十津川も、思う。

今度の事件の捜査については、あくまでも、大阪府警本部が、リーダーシップを持っているからである。

8

十津川の推測は、当っていた。

大阪府警本部は、午後になって、古賀を、寝台特急「はやぶさ」の車内での殺人未遂で、送検した。

地検は、直ちに、起訴手続きをとるという。

素早い動きだった。

（まずいな）

と、十津川が、思っていると、案の定、田口から、怒りの電話が、かかってきた。

「どうなってるんだ？　これは」

と、大声で、いう。

「何のことだ？」

十津川は、呆《とぼ》けて、聞いた。

「うちの大阪支局の話じゃあ、古賀が、殺人未遂で、起訴されたそうじゃないか。もっと捜査するのが、本当じゃないのか？」

「この事件は、あくまでも、大阪府警の仕事だと、いっておいた筈《はず》だよ。こっちじゃ、どうにもならないんだ」

「それにしても、拙速《せっそく》すぎるじゃないか。小田あかりと、上司とのスキャンダルについて、大阪府警は、少しでも、調べたのかね？」

「私からは、報告しておいたよ。だが、肝心《かんじん》の原口企画部長は、アメリカだからね。それと、古賀は、嘘《うそ》をついた。それが、大阪府警の心証を、悪くしてしまったみたいだね」

「どんな嘘だ？」

「大原鉄鋼の社内報のことだよ」

と、十津川はいった。

十津川は、そのことで、古賀の属しているJCAの証言も、田口に、伝えた。

「しかし、十津川。古賀が、大原鉄鋼の社内報の写真を撮《と》ったことには、ならないじゃないか。彼が、社内報の仕事をしたことがあったとしても、他の会社の仕事だったかも知れないんだ。それなら、古賀が、前から、小田あかりを、知っていたことにはならないだろう？」

「まあね」

「おれは、どうも、古賀が、犠牲にされたような気がして仕方がないんだ」

「犠牲?」

「そうさ。自動販売機のドリンク剤の事件が、頻発《ひんぱつ》しているだろう。死者が、何人も出ているのに、犯人は、いっこうに、捕まらない。警察への風当りだって、自然に、強くなってくる。それで、古賀が、その犠牲になったと、おれは、思っているんだ。古賀が買った缶ビールは、車内の自動販売機で、買ったものだからね。典型的な犯人というわけだ。これで、警察の面子《メンツ》も立つというわけさ。しかし、面子の犠牲にされては、かなわんよ」

「大阪府警だって、そんなことは、考えていないと思うがねえ」

「本当に、そういい切れるのか?」

田口に聞かれて、十津川は、すぐには、返事が出来なかった。その傾向がないとは、断言できなかったからである。

警察だって、世論に支配されることがある。

農薬ドリンクの事件は、確かに、頻発しているし、犯人も逮捕されずにいる。犯人を逮捕したいと考えているのは、どこの警察だって、同じである。

各地で起きているから、犯人が複数であることも明らかだし、類似事件の防止には、犯人を逮捕するのが一番だということは、誰にも、わかっている。

だから、大阪府警が、素早い送検に踏み切った気持も、わからないではなかった。

「何とかして欲しいね。古賀が、シロだということは、はっきりしてるんだ」

と、田口が、いった。

「こちらには、そんな力はないよ。今もいったように、大阪府警の事件だからね」

「じゃあ、何もしてくれないのか？」

「これから、原口部長の奥さんに、会いに行こうと思っている」

「頼むよ」

「田口、誤解のないように、いっておくが、私は、これで、この事件から手を引く。東京警視庁の事件じゃないからだ。都内で事件が起きれば、私は、その解決に当らなければならないんだよ」

9

十津川は、ひとりで、久我山《くがやま》にある原口企画部長の家を訪ねた。

いつもなら、亀井刑事と一緒に行くところなのだが、大阪府警で、すでに、送検してしまった事件を、まだ、東京で追いかけているということは、許されなかったからである。

もし、記者が知ったら、警視庁と、大阪府警の間に、意見の相違があると、書き立てるだろう。

宏大な邸《やしき》だった。敷地は、五、六百坪《つぼ》はあるだろうか。塀の中に、白亜《はくあ》の殿堂風の建物が、建っている。

十津川が、通されたのは、三十畳くらいある居間である。

（この邸は、恐らく、原口の力というより、大原会長が、娘の由紀《ゆき》に、買い与えたものだろう）

と、十津川は、やたらに広い居間を、見廻《みまわ》した。

そんな男の心理というものを、十津川は、考えてみた。嬉《うれ》しいだろうか？　それとも、重荷だろうか？

ドアが開いて、由紀が、入って来た。

四十一歳と聞いていたが、すんなり育ったという感じで、年齢よりは、五、六歳若く見えた。

素直に、「お待たせ致しました」と、十津川に向って、お辞儀をした。

十津川の方も、自然に謙虚な気分になって、

「こちらこそ、突然、お邪魔して、申しわけありません」

と、いった。

もっと、相手が傲慢《ごうまん》な感じの女だったら、気安く、質問が出来るのだが、育ちの良さが見える相手では、聞きにくい。

「何か、お飲みになりますか？　すぐ、用意させますけど」

由紀は、微笑をこめて、聞いた。

「いや、勤務中ですから」

「それなら、強いて、おすすめは、致しませんわ。ご用は、何でしょうか？」

「ご主人は、今、アメリカでしたね？」

十津川は、まず、わかっていることから、聞いた。

「はい。ロスへ、仕事で参っております」

「小田あかりという女性を、ご存知ですか？」

「いいえ」

「ご主人の秘書をしていた女性なんですが」

と、十津川が、いうと、由紀は、曇りのない顔で、

「その方なら、二、三度、お会いしましたわ。でも、名前は、覚えていませんの」

「彼女は、会社を辞《や》めたんですが、郷里の久留米へ、ブルートレインで帰る途中、大変な目にあいましてね」

「どんなことですの？」

「車内で、何者かに、毒を飲まされたのです」

「まあ」

「幸い、生命は、とり止めたんですが、犯人が、何のために、そんなことをしたのかが、問題でしてね」

「彼女を、恨《うら》んでいる人が、毒を飲ませたんでしょうけど、彼女が、気がつけば、犯人がわかるんじゃありません？」

「そうなんですが、彼女は、乗客の一人が、犯人だといっていましてね」

「それなら、事件は解決したわけですわね」

「いや、彼女から、犯人だといわれた男は、否定しているのですよ。それで、困っているんです」

「その方は、無実ですか？　それなら、釈放して、終りじゃありません？」

「無実の証拠もありませんが、かといって、有罪の証拠もありません。第一、その男には、彼女を恨んで、毒殺するだけの動機が、ないんです」

「それで、警察は、私に、何を？」

「失礼なことを、お聞きしますが、それも、事件解決のためだと思って、お許し下さい。実は、ご主人と、秘書の小田あかりの間に、何かあったのではないか、それで、彼女が、突然、会社を辞《や》めたのだという噂《うわさ》が流れているんです。奥さんは、そんな噂を、耳にされたことがありますか？」

十津川は、じっと、由紀の表情を見ていた。

さすがに、一瞬、由紀の顔色が変ったが、すぐ、穏やかな表情に、戻った。

「耳にしたことは、ありませんわ」

と、由紀は、平静な口調で、いった。

「そうですか。ご主人から、小田あかりの名前を聞いたことは、ありませんか？」

「ありませんわ。主人は、会社のことは、家に持ち込まない人ですから」

「奥さんは、会長の娘さんでしたね？」

「はい」

「すると、ご主人の原口さんは、ゆくゆくは、大原鉄鋼の社長に、なられるわけですか？」

「それは、わかりませんわ。会社は、父のもののようで、父のものでは、ありませんもの」

「しかし、奥さんとしては、ご主人が、いつか、社長の地位に就くことを望んでおられるんでしょう？」

「夫の出世を望まない妻が、いるでしょうか？」

由紀が、微笑していった。

「ご主人は、仕事で、ロスへ行かれたんですね？」

「はい」

「仕事の内容は、ご存知ですか？」

「今も申しあげましたように、私は、仕事のことは、あまり知りませんの。アメリカの鉄鋼事情を見てくるとだけ、申しておりましたけれど」

「最近、ブルートレインに、乗られたことはありませんか？」

「汽車の旅は好きですけど、この頃、あまり出歩けませんの」

由紀が、いった。

そういわれて、十津川は、彼女が、おめでたらしいことに気がついた。うかつに、気づかなかったのだ。

第三章　再び事件が

1

小田あかりが、退院したという記事が、新聞に載《の》った。

かなり大きな扱いだったのは、ブルートレインの車内での事件だということと、自動販売機の缶ビールが関係しているためだろう。

しかも、その自動販売機は、ブルートレイン「はやぶさ」の車内に置かれているものだった。そのことも、ニュース性があったのだろう。

十津川は、その新聞記事を、読んだ。

写真入りだった。

小田あかりは、俯《うつむ》き加減で、記者に答える。

その応答も、載っていた。

――これから、どうするんですか？

「一度、久留米へ帰ります。それから考えます」

――犯人は、起訴されましたが、今、犯人に何をいいたいですか？

「別にありません。きっと、いたずらが過ぎて、あんなことをしたのだと思います」

――パラコートによる被害が増えているんですが、そのことについては、どうですか？

「止《や》めて欲しいと思います」

――身体は、もう、完全に、いいんですか？

「ええ。先生は、もう大丈夫だと、おっしゃっています」

そんな当り障《さわ》りのない応答だった。そして、最後に、記者は、次のように結んでいた。

〈小田あかりさんの身体は、治ったが、心の傷は、まだ、癒《い》やされていない感じである〉

「カメさんは、どう思うね？」

十津川は、亀井に、聞いた。

「何ともいえません。犯人と目される古賀さんは、もう、起訴されてしまっているんでしょう？」

「そうなんだ」

「もし、無実だとすると、小田あかりの気持が、私には、わかりませんね。二人は、別に憎み合う関係でもないわけでしょう？」

「調べた限りでは、二人の間には、何もないと思うね」

「それに、この写真を見る限り、彼女は、悪い女には見えないんですよ。そういう女が、関係のない男を、犯人呼ばわりするでしょうか？　このままいけば、有罪は、確実ですからね」

「私も、そこがわからないんだ」

「他に、彼女に毒を飲ませた真犯人がいるとします。その人間を、かばうために、たまたま、ロビー・カーで出会った古賀に飲まされたといったということが、考えられます」

「そうだな」

「しかし、その真犯人をかばうためなら、わからないと主張しても、よかったんじゃないですかね。どこで飲んだかわからないといえば、古賀は、犯人にされずにすむわけですからね」

「カメさんのいう通りだよ」

「そう考えると、やはり、古賀が犯人じゃないかと、思うようになってくるんですよ」

「小田あかりに、会ってみたいがね」

十津川は、ひとりごとみたいに、いった。

今の状況で、そんなことが、許されないことは、わかっていた。警察全体で考えれば、あの事件は、もう、終ってしまったのである。

殺人事件が、立て続けに発生して、十津川たちは、その捜査に追われて、ブルートレイン内の殺人未遂事件どころではなくなってしまった。

その一つを、解決して、ほっとしていた時、田口から、電話が入った。

彼の電話で、十津川は、忘れていた事件を思い出した。古賀や、小田あかりといった名前もである。

「間もなく、大阪で、古賀の公判が始まる」

と、田口は、いった。

「そうか。結果的に、何もしてやれなくて、君には、悪かったと思っている」

と、十津川は、詫《わ》びた。

「仕方がないさ。おれだって、奴《やつ》のために、何も出来なかったんだからな。いい弁護士をつけてやったがね」

「それで、今日は、何だ？」

「大原鉄鋼の原口という部長を、覚えているかい？」

「ああ、覚えているよ。彼は、アメリカから帰って来たのか？」

「近いうち、帰国する」

「そうか」

「その原口さんの奥さんだがね」

「会ったよ。由紀という名前で、私が会った時、お腹が大きかったね」

「彼女が、流産したんだ」

「本当か？」

「本当だよ」

「可哀そうに――」

十津川は、広い邸《やしき》の居間で会った由紀の顔を、思い出した。

彼女は、嬉《うれ》しそうだった。あの時、もう、母親の顔になっていた。

「妊娠六か月だったそうだよ」

「そのことと、例の事件と、何か関係があるのか？」

「わからないが、ちょっと気になってね。ただ、それだけのことなんだが」

ひどく、あいまいないい方をして、田口は、電話を切ってしまった。恐らく、何とかして、友人の古賀を助ける方法を、探しているのだろう。

また、新しい殺人事件が起きて、十津川は、田口のことを忘れて、現場である東京駅近くの喫茶店に、急行した。

2

東京駅八重洲口《やえすぐち》近くの「パピヨン」という喫茶店である。

店の前には、すでに、野次馬が、集っていた。

十津川と、亀井は、その野次馬をかき分けるようにして、店の中へ、入って行った。

客は、もういなかった。

ただ、床《ゆか》の上に、三十七、八歳の背広姿の男が、俯伏《うつぶ》せに倒れているのが見えた。

店のマスターや、ウエイトレスたちは、遠くから、青い顔で、見守っているだけである。

初動捜査班の連中が、十津川たちを迎えた。

「明らかに、毒死だよ」

と、中村《なかむら》警部が、十津川に、いった。

「毒物は？」

「わからないが、即効性のあるやつだ。パラコートらしいがね」

「被害者の身元は、わかったのか？」

「ポケットに、身分証明書と運転免許証が入っていた。名前は、棚橋五郎《たなはしごろう》。大原鉄鋼の企画部計画課長だ」

「大原鉄鋼？」

「君の知ってる会社か？」

「いや、ちょっと前に、行ったことがあってね」

「今、七時だからね。退社後、まっすぐ、ここに来たんじゃないかね」

「誰か一緒にいたのか？」

「ウエイトレスの話だと、サングラスをかけた若い女が、先に来て、待っていたといっている」

中村が、手をあげて、そのウエイトレスを、呼んだ。二十歳ぐらいの背の高い、顔の小さな女の子だった。

「君が、その女性を見たんだね？」

と、十津川は、彼女に、声をかけた。

「ええ。でも、よく見たわけじゃないんです。お客さんが、一緒でしたから」

「しかし、サングラスをかけていたことは、覚えているんだね？」

「ええ」

「その他には、何か覚えていないかな？」

「色の白い女の人でした」

「その調子だよ。年齢は、何歳ぐらいだった？」

「私より、少し年上みたい」

「すると、二十四、五歳か？」

「ええ」

「どんな服装をしていたか、覚えていないかな？」

「茶色っぽいコートを羽おっていたわ」

「じゃあ、コートを羽おったまま、男の人を待っていたんだね？」

「ええ」

「彼女は、何を注文したんだ？」

「コーヒー」

「それから、男の人が、やって来たんだね？」

「ええ」

「男の人は？」

「コーヒーだったわ」

「それから？」

「突然、男の人が苦しみ出して、大さわぎになったんです」

「女の人は？」

「いなくなっていたわ。いつの間にか」

「すると、彼女のコーヒーカップから、指紋が、採《と》れるね？」

十津川は、中村に、聞いた。

「ところが、それが、駄目なんだ」

「なぜ？」

「その女は、コーヒーにも、水にも、手をつけた気配がないんだよ。だから、指紋は無理だね」

「用意周到というわけか」

「そうだよ」

「その女が、毒を飲ませたと思うんだが、その方法は、わかるかね？」

「まだ、わからない。被害者が飲んだコーヒーと、水を調べれば、何かわかると、思っている」

「それは、私たちがやるよ」

と、十津川は、いった。

死体は、解剖《かいぼう》のために、病院に運ばれて行った。

「一緒にいた客を帰してしまったのは、まずかったですね」

亀井が、小声でいった。

「仕方がないさ。こんな時には、みんな、関わり合いになるのを嫌がって、逃げてしまうものだよ。店の人だって、それは、止《と》められないだろう」

十津川は、被害者と、サングラスの女が、腰を下していたテーブルに、亀井と、向い合って、座ってみた。

この店は、初めてだった。

「ここは、砂糖は、袋入りのものを、使っているんですね」

亀井が、いった。

「その袋をすり代えたのかも知れないな」

と、十津川が、いった。

ウエイトレスが運んで来たコーヒーの中に、相手の見ている前で、毒を入れることは、不可能だ。

可能なのは、先に来て、毒入りの砂糖袋と、すり代えておき、何気なく、それを、相手に渡すことだろう。

この店の砂糖の袋は、特別のものではなく、市販されているものだから、手に入れるのは、簡単である。

「この事件は、例のブルートレインの事件と、関係があると思いますか？」

亀井が、聞いた。

「あるような気もするんだ。被害者が、例の企画部長の部下だからね」

「もし、関係があるとすると、サングラスの女は、小田あかりということになりますか？」

「ああ。彼女は考えたよ。だが、もし、彼女が犯人とすると、動機は、何だろう？」

「仕返しという線は、どうでしょう？」

「仕返しねえ」

「ブルートレインの車中で、小田あかりに、パラコートを飲ませたのは、古賀じゃなく、本当は、今日の被害者の棚橋という課長だった。彼女は、古賀のせいにして、棚橋を安心させておき、今日、仕返しをした。こういう推理は、うまくないですか？」

「いや、なかなか、面白いよ。ただ、小田あかりと、棚橋の間に、関係があったことが証明されなければならないね」

「そうですね」

「大原鉄鋼本社へ行って、調べた時には、棚橋課長の名前は、ぜんぜん、聞かれなかったんだよ」

「深く潜行した関係だったということも、考えられますよ」

「まず、棚橋の身辺を洗ってみるか」

と、十津川は、いった。

運転免許証によれば、棚橋五郎の家は、阿佐ケ谷《あさがや》である。

二人は、あとを、西本《にしもと》刑事たちに委《まか》せて、阿佐ケ谷に向った。

中央線の駅から、歩いて十五、六分のところにある小ぢんまりした家だった。

門のベルを押すと、二十七、八の女性が、顔を出した。

十津川が、警察手帳を見せると、彼女の顔色が、変った。

「奥さんですか？」

と、十津川が、聞いた。

「はい」

と、肯《うなず》く。表札に、棚橋五郎と並べて、京子《きようこ》、みどりと、書いてあるから、妻の京子だろう。

二人は、居間に通された。

「ご主人が、亡くなられました」

と、十津川は、あっさりと、いった。

その方が、いいと、思ったからである。

京子は、ぼんやりした顔になった。

「そんな――」

「東京駅近くの喫茶店で、誰かに、毒を飲まされて、亡くなったのです」

「――」

京子は、まだ、ぼんやりした表情だった。刑事がやって来たことも、夫が死んだといわれたことも、まるで、夢の中の出来事のように思えるのだろう。

「大丈夫ですか？」

と、十津川は、聞いた。

京子は、黙って、肯いた。が、大丈夫という顔ではなかった。

十津川は、しばらく待った。

何分ぐらいたったか、わからないが、京子は、眼をしばたたいてから、

「主人の遺体は、今、どこにありますの？」

「K病院です。これから、お連れします。その前に、二、三質問しても構いませんか？　何とかして、犯人を、捕えたいので」

「どんなことでしょうか？」

「小田あかりという女性を、ご存知ですか？」

「いいえ」

「最近、ブルートレインの『はやぶさ』で、ご主人が、旅行されたことは、ありませんか？　十月二十三日です。二十三日の一六時五〇分、午後四時五〇分に、東京を出るブルートレインです。どうですか？」

「十月二十三日――」

と呟《つぶや》いたが、すぐ、頭を振って、

「すいません。うまく考えられなくて――」

「そうでしょうね。気持が落ち着いてから、ゆっくり考えて下さい。すぐ、K病院へ行かれますか？」

「娘に、いって来ます」

京子は、奥へ入り、しばらくして、外出の仕度をして、戻って来た。

十津川と亀井は、京子を、外に停《と》めてあるパトカーに乗せた。

走り出すと、京子は、俯向《うつむ》いて眼を閉じてしまった。

十津川と、亀井も、黙っていた。一番、犯人に対して、怒りを感じる時間だった。

3

K病院へ着き、京子が、遺体を確認している間、十津川と、亀井は、じっと待っていた。

確認をすませたあと、十津川は、京子を、K病院近くの明るい喫茶店に、案内した。警察に来て貰《もら》うより、その方が、落ち着いて、話してくれると思ったのである。

「ご主人の性格から、話して頂けませんか？」

と、十津川は、京子に、いった。

京子は、じっと考え込んでいたが、

「一言でいえば、生まじめな性格でした」

と、いった。

「仕事に熱心だったということですか？」

「家にまで、時々、仕事を持ち帰って、やっていましたわ。それを、嫌だという奥さんも、いらっしゃるようですけど、私は、立派だなと、思っておりました」

「家では、どうでした？　優《やさ》しいご主人でしたか？」

「はい。優しい主人でした」

「喧嘩《けんか》をしたことは？」

「それは、何回かありましたけど、自惚《うぬぼ》れでなく、いい夫婦だったと思います」

「これは、いいにくいことなんですが、ご主人を殺したのは、女性だと思われるのですよ。二十四、五歳で、長身の女性なんですが、心当りは、ありませんか？」

十津川は、相手が気を悪くするのを承知で、聞いた。

案の定、京子は、眉《まゆ》をひそめてしまった。

「ありませんわ」

と、京子は、いった。心当りがあっても、こんな際には、否定するだろう。

十津川は、逆らわずに、「そうですか」と、肯《うなず》いた。

「さっきも、お聞きしたんですが、最近、ご主人は、九州の方面へ、旅行されませんでしたか？」

「それ、いつのことでしょうか？」

「十月二十三日に、出かけたことは、ありませんでしたか？」

十津川が、重ねて聞くと、京子の顔に、狼狽《ろうばい》の色が、走った。

「ご主人は、十月二十三日に、旅行に、行かれたんですね？」

と、十津川は、聞いた。

「ええ。会社の急用で、九州まで行ってくると、電話がありました」

「会社から、電話があったんですね？」

「ええ」

「その時、一六時五〇分、午後四時五〇分、東京発の寝台特急『はやぶさ』に、乗るとはいっていませんでしたか？」

「いいえ」

「では、九州へは、何を使って行くと、いっていたんですか？」

「それは、いっていませんでしたけど、電話があったのは、午後五時でした。仕事をすませてから、九州へ行ってくると。ですから、『はやぶさ』には、乗らなかったと思いますわ」

「その時刻は、間違いありませんね？」

「ええ」

「一泊して、帰って来ると、いわれたんですね？」

「ええ。その通り、翌日には、直接、会社へ出社と、いっていましたわ」

「九州へ着いてから、電話はありませんでしたか？」

「博多《はかた》に着いたあと、ホテルから、電話がありました。無事に着いたという電話でした」

「それ、何時頃でしたか？」

「夜の十二時過ぎじゃなかったかと思いますわ」

「その電話で、ご主人は、何といっていました？」

「ただ、無事に着いたからとだけですわ。いつも、主人は、口数が少い方なんです」

「もう一度、聞きますが、二十三日の午後五時に、電話があったんですね。これから、九州へ出かけると？」

「ええ」

「小田あかりという名前を、ご主人から聞いたことはないと、いわれましたね？」

「ええ。本当に、聞いたことが、ありませんわ」

「では、別の女でもいいんですが、ご主人が親しくしていた女性の名前を、ご存知ありませんか？」

「ありませんわ」

京子は、強い声で、いった。夫が、女性関係で殺されたなどとは、当然、考えたくないのだろう。

「では、ご主人が誰かに、脅かされていたことはありませんか？　脅迫の手紙が来たり嫌がらせの電話が、あったということは、なかったですか？」

「ありませんわ」

4

京子が、しばらく、ひとりでいたいというので、十津川と亀井は、彼女を、喫茶店に置いて、捜査本部に、戻った。

翌朝、二人が、出かけたのは、被害者の棚橋が働いていた大原鉄鋼だった。

小田あかりのことで、前に行っているから、これが、二度目の訪問である。

大手町《おおてまち》にある本社内は、計画課長が死んだというので、騒然としていた。

十津川たちは、人事部長に会った。

山下《やました》という五十歳の男だった。誠実そうだが、エリートという感じではなかった。きっと、仕事一途を絵に画いたような男なのだろう。

十津川は、そんなことを考えながら、棚橋課長のことを聞いてみた。

「まじめで、仕事熱心な人物でしたから、会社にとっては、大きな損失ですよ」

と、山下は、沈鬱《ちんうつ》な顔で、いった。

「原口企画部長の下で、働いていたわけですね？」

「そうです」

「原口部長との関係は、うまくいっていたんですか？」

「原口さんから、信頼されていましたよ。今、原口部長は、アメリカですが、棚橋課長が、部長代理みたいな形で、企画部の仕事を、すすめていましたからね」

「そんなに、信頼が、厚かったんですか？」

「そうですよ。だから優秀な人材だと、いったんです」

「棚橋さんは、女性に呼び出されて、東京駅前の喫茶店へ行き、殺されたと思われるんですが、そうした女性に、心当りはありませんか？」

「ありませんね。とにかく、その女性は、うちの人間じゃないと思いますね」

「なぜ、そう断言できるんですか？」

「この辺に、いくらでも、洒落《しやれ》た喫茶店があるからですよ。用があるのなら、わざわざ、東京駅まで、行く必要は、ありませんからね。みんな、うちの社員は、この近くの喫茶店で、会っています」

「棚橋さんは、十月二十三日の午後、九州へ出かけた筈《はず》なんですが、ご存知でしたか？」

亀井が、聞くと、山下は、「え？」という顔になって、

「それは知りませんでしたね。別に、休暇も、とっていないし、本当に、九州へ行ったんですか？」

「奥さんは、行ったと、いっています」

「しかし、休みは、とっていませんよ」

「おかしいですね」

「確か、棚橋課長は、二十三日も、二十四日も、きちんと、勤務している筈ですよ」

と、山下は、いった。

全社員が、タイムカードを押しているというので、十津川は、棚橋のタイムカードを見せて貰《もら》った。

なるほど、十月二十三日は、午後五時八分に退社しているし、翌二十四日は、午前八時五十二分に、出社していた。

棚橋の部下の係長二人にも、十津川たちは会ってみた。が、二人とも、課長は、二十三日には、午後五時の退社時間までいたし、二十四日は、午前九時までには、来ていたと、証言した。

「昨日、午後、外から、課長に電話があったと思うんですが、どうですか？　若い女の声でです」

十津川が、聞くと、二人の係長は、顔を見合せてから、一人が、

「課長の机に、電話があって、それに、かかったとすると、われわれには、わかりません。ただ、退社時間に、急いで、帰って行かれたのは、覚えています」

「棚橋さんは、若い女性に殺されたと思われるんですが、そうした女性と、つき合っているという噂《うわさ》を、聞いたことはありませんか？」

亀井が、聞いた。

部下としては、答えにくい質問だったとみえて、二人の係長は、戸惑いの表情になり、

「そういう個人的なことは、よくわかりません」

と、異口同音に、いった。

企画部の他の課長にも、十津川たちは、聞いてみた。

企画部の中には、四つの課があった。

課長たちは、三人とも、一様に、死者を、ほめたが、そのニュアンスには、微妙な違いがあった。

それが、十津川には、興味があった。

棚橋課長は、四人の課長の中で、どうやら、一番、原口部長から、信頼されていたらしい。

そのことで、他の課長たちとの間で、微妙な葛藤《かっとう》があったのだろう。

それが、三人の課長たちの言葉に、いろいろなニュアンスを見せているのだと、十津川は、思った。

これは、女子社員の口からだが、いかに、棚橋が、原口部長に忠実だったかを示すエピソードを聞いた。

原口と、趣味まで同じにしたし、何かというと、部長の家を訪ねていたともいう。

「原口部長は、将来の社長候補でしょう。その部長に、ごまをすっておけば、自分だって、出世できますものね」

と、横田《よこた》保子《やすこ》という女子社員は、十津川に、話してくれた。

保子は、来年の春に結婚して退社するので、睨《にら》まれても、平気だと、笑っていた。

女性は、結婚という道があるから、男子社員に比べて、ずけずけと物がいえるのだろう。

「部長は、小田あかりさんと、関係があったと、聞いているんだが、何か、聞いていないかな？」

と、十津川は、改めて、聞いてみた。

前に、他の社員に、聞いた時には、あいまいな返事しか戻って来なかったのである。

保子は、クスッと、思わせぶりに笑ってから、

「部長と、美人秘書の小田あかりさんでしょう？　部長の女好きは、有名だから、あの美人秘書に、関係がなかったなんて、考えられないわ。問題は、部長が、どれだけ、関係がなかったなんて、考えられないわ。問題は、部長が、どれだけ、のめり込んでたかね」

「そこは、わからないかな？」

「わからないわ。でも、ただ単なる浮気だったら、小田あかりさんは、会社は、辞《や》めなくたって、よかったんじゃないかと思うわ」

「なぜ、辞めたんだと思う？」

「二つ、全く逆のことが考えられるわ」

「それを、聞きたいね」

「彼女が、捨てられて、会社を辞めたのか、それとも、逆に、部長が、家庭を捨てて、結婚してもいいといって、そのために、彼女が、会社を辞めて、一時、故郷に帰ったかのどちらかではないかと思っているの」

「なるほどね。しかし、原口部長は、将来の社長候補だよ。それが、その地位を捨てて、秘書と、結婚する気になるだろうか？　当然、会社も、辞めなければならないわけだからね」

「そうね」

「原口部長は、そんな冒険をするタイプの人かね？」

「うーん」

　と、保子は、考え込んでいたが、

「女好きだけど、一人の女に、賭《か》けるタイプじゃないわね。自分本位の人だから、自分は傷つかずに、遊びたいと思っているんじゃないかな」

「小田あかりさんが、郷里の久留米に帰る途中、ブルートレインの車内で、毒を飲まされて、危うく、死にかけたのは、知っている？」

「新聞で見たから、知ってるわ」

「どう思ったかね？」

「どうって、あれは、古賀というカメラマンの人が、犯人だったんでしょう？　そう書いてあったわ」

「あれを、信じたのかね？」

「違うの？」

保子は、びっくりした顔で、十津川を見、亀井を見た。

「いや、わからないが、もし、違っていたら、誰が、彼女を殺そうとしたか、君の考えを聞きたいんだが」

「私にも、わからないわ」

保子は、肩をすくめるようにして、いった。

「小田あかりさんは、ああいう美人だから、若い男子社員が、何人か、モーションをかけたんじゃないのかな?」

亀井が、聞いた。

「モーション?」

「古いかね」

「意味は、わかるわ。彼女に振られた人、知ってるわ」

と、保子は、いった。

「やっぱり、そういう男子社員が、いたんだね」

「あんまり、出世しそうにない人だけど、いい人なのよ。まじめだし、優《やさ》しい人」

「ひどく、同情するんだね」

「プレイボーイの部長に比べたら、はるかに、いい人だもの。でも、冷静に見て、部長みたいな魅力はないわね。だから、彼女も、振ったんだと思うけど」

「小田あかりという女性は、どういう性格なのかね？」

「そうねえ。美人なので、お高く止まっているっていう人もいるけど、私は、彼女が、好きだったわ」

「ほう。どんなところがだね？」

「彼女が、会社を辞《や》めたのは、どうみても、原口部長との関係でだと思うのよ。それだけ、彼女は、部長を愛していたんだわ。そういうところが、好きなのよ。いわゆる不倫の関係なんだけど」

「嘘《うそ》つきということは、なかったかね？」

亀井が、聞くと、保子は、笑って、

「女は、誰だって、嘘をつくわ。特に、秘密にしたいことについてはね」

「いろいろと、ありがとう」

と、十津川は、保子に、礼をいってから、

「さっきの男性のことだがね」

「え？」

「小田あかりに振られた、出世はしないが、まじめで、優しい青年のことさ。ひょっとすると、来年の春、君が結婚する相手というのは、その魅力のある青年じゃないのかね？」

「――」

保子は、黙って、照れたような顔をした。

十津川と、亀井は、大原鉄鋼本社を出た。

棚橋課長の告別式は、明日の午後、行われるということだった。

彼の上司である原口部長も、アメリカから、帰国するという。

「どんな男なのか、会うのが、楽しみですね」

と、亀井が、いった。

十津川も、同感だったが、不安もあった。

彼の帰国で、また、何か事件が起きそうな予感もしたからである。

5

棚橋課長の告別式は、自宅で、ひっそりと行われた。

盛大でなかったのは、普通の死ではなくて、殺人事件だったからだろう。

大会社の課長が、変死ということで、マスコミが、押しかけて来るのを、心配したのかも知れない。

現に、棚橋の自宅にも、テレビのレポーターや、新聞記者が、顔を出していた。

十津川と、亀井も、行ってみた。

今にも、雨が降りそうな寒い日だった。

「記者さんが、来てますね」

と、亀井が、肩をすくめるようにして、十津川に、いった。

「若い女性に、大原鉄鋼の課長が殺されたらしいとなれば、面白いニュースになるんだろう」

「若い女性というのは、小田あかりと、思われますか？」

「さあね。彼女が殺したいのは、棚橋課長の上司の原口部長だろう。棚橋課長では、動機がない」

「誰か、偉いさんが、来ましたよ」

亀井が、いった。

白いベンツが、大きな車体をゆするように、路地に入って来て、停《と》まった。

運転手が、素早くおりて、リアドアを、うやうやしく開けた。

降りて来たのは、写真で見た、原口部長だった。

すらりとした長身で、いかにも、若々しく、エリートの感じがする。

レポーターや、記者たちが、近づいて、カメラのシャッターを切り、マイクを、突きつけている。

「棚橋課長が、殺されたことを、上司として、どう思われますか？」

「若い女が、犯人らしいんですが、部長さんに、心当りは、ありませんか？」

そんな質問が、十津川の耳にも聞えてきた。

原口は、返事をせずに、彼等を、かき分けるようにして、家の中へ入って行った。

「なかなか、颯爽《さっそう》としていますな」

亀井が、感心した表情で、いった。

「そうだね」

「あれなら、女性が、夢中になるのも、肯《うなず》けます」

「だが、ちょっと、冷たい感じの男だね」

十津川が、いった。

三十分ほどして、原口が出て来た。

また、レポーターたちが、質問を浴びせかける。

それを、全く無視した顔で、原口は、ベンツに乗り込んだ。

「あのベンツを、尾行しよう」

と、十津川が、いった。

ベンツは、杉並から、都心に向った。

「会社へ出るんでしょうか？」

亀井が、覆面パトカーを、運転しながら、十津川に、聞いた。

「かも知れないな」

十津川は、腕時計に眼をやった。

午後三時を、回ったところだった。課長の告別式の日だが、もちろん、大原鉄鋼は、休みではない筈《はず》だった。

だが、原口が、行ったところは、渋谷《しぶや》にあるN病院である。

「彼の奥さんが、流産したので、この病院に、入院しているんだ。その見舞いだろう」

十津川が、病院の大きな建物を見上げながら、亀井に、いった。

「奥さん孝行ですか」

「悪いことじゃないよ」

「そりゃあ、そうですが、どうも、イメージが、狂いますね」

「プレイボーイのイメージがかい？」

「悪人は悪人らしく、プレイボーイは、プレイボーイらしくしてくれないと、困りますね」

二人は、原口が出て来るのを待った。

救急車が、悲鳴のようなサイレンをひびかせて、飛び込んで来たりした。

「なかなか、出て来ませんね」

亀井は、小さく、伸びをした。

五時近くなって、やっと、原口は、出てきた。

ベンツに乗り込むと、次に行ったところは、新橋《しんばし》の料亭だった。

陽《ひ》が落ちて、暗くなり、灯がともってくる。

十津川たちは、原口のベンツが見える場所に、車を停《と》めた。まさか、同じ料亭に入って行って、夕食をとるわけにもいかない。亀井が、近くのスーパーで、サンドイッチと、牛乳パックを買って来た。

こちらは、簡単に、三十分で、夕食をすませてしまったが、原口の方は、二時間以上かけて、ゆっくりと食事をすませて、出て来た。

次は、銀座《ぎんざ》のクラブだった。

「やっと、プレイボーイらしくなって来たじゃないか」

十津川がいうと、今度は、亀井は、腹立たしげに、

「部下の告別式の日に、上司が、銀座のクラブで遊ぶというのは、どういう神経ですかね」

と、いった。

ベンツの運転手は、ひとり、泰明小学校の近くに、車を停めて、じっと、原口を待っていた。

午後十一時を過ぎて、原口が、クラブのママに送られて、車のところに、戻って来た。

運転手が、うやうやしく、ドアを開けた。
その時、突然、銃声が、起きた。

6

十津川の眼の前で、倒れたのは、中年の運転手だった。
十津川と、亀井は、反射的に、車から出て、周囲を見廻《みまわ》した。
どこから射ったのか、わからなかった。
ママが、悲鳴をあげている。
十津川は、ベンツに向って駆《か》け寄り、亀井は、眼を見開いて、犯人を探した。
運転手は、地面に倒れたまま、呻《うめ》き声をあげている。
原口は、呆然《ぼうぜん》としているだけだった。
「カメさん、救急車を呼んでくれ！」
と、十津川は、怒鳴った。
亀井は、すぐ、車の電話で、救急車を呼んだ。
十一時を回っているのだが、銀座は、これからで、野次馬が、どんどん、集ってくる。
すぐ、救急車が、やって来た。

原口が、「私も一緒に、乗って行こう」というのを、十津川は、止めて、自分たちの車の方へ、案内した。

救急車が走り出し、十津川たちの車も、そのあとに続いた。

「警察が、なぜ、私のあとをつけていたんですか？」

車の中で、原口が、十津川に、聞いた。

「あなたの部下の棚橋さんが殺されたので、また、何かあるのではないかと、心配してです」

と、十津川は、いった。

「じゃあ、さっきのは、私を狙《ねら》って、射ったんですか？」

「かも知れませんね。あの辺《あた》りは、薄暗かったですからね。それに、運転手と、部長さんが重なる恰好《かっこう》でした。あなたを狙って、運転手に、命中してしまったのかも知れません」

「助かると、いいんだが」

「あの運転手は、前からですか？」

「もう五、六年、運転して貰《もら》っていますよ」

と、原口は、いった。

運転手の名前は、小林修《こばやしおさむ》といい、四十二歳だと、教えてくれた。

病院に着くと、小林の身体は、すぐ、手術室に運ばれて行った。

十津川と亀井は、原口と一緒に、人の気配のない待合室で、結果を待った。

暖房を落としてしまっているのか、ひどく寒い。

「棚橋課長が亡くなったのは、アメリカで聞かれたんですね？」

と、十津川が、聞いた。

「そうです。電話が、会社から、かかりました。しかし、女が絡《から》んでいらしいことは、日本に帰ってから知ったんです」

「上司から見て、どんな人でした？」

「まじめな男でしたね。私なんかに比べると、少しばかり、堅すぎる感じがしますが」

原口は、苦笑した。

「女性関係で、問題を起こしたことは、なかったですか？」

「ありませんね」

「奥さん以外に、女の噂《うわさ》は、どうですか？」

「私は聞いていませんね。しかし、私も、彼のプライバシイには、立ち入れませんでしたから、彼女がいたことも、考えられます。まじめですから、女性には、頼り甲斐《がい》があるように、思われたかも知れませんよ」

「小田あかりさんのことですが」

亀井が、いうと、原口は、苦い表情になって、

「彼女と、私の間に、いろいろ、噂が立っていることは、知っていますよ」

「九州行のブルートレインの車中で、毒殺されかかったことは、ご存知ですか？」

「それも、帰国してから、聞きました。そんなことがあると、ますます、私との噂が、広がるんじゃないかと、心配しているんですよ」

「遠慮なく聞きますが、小田あかりさんが、部長秘書を辞《や》めて、故郷《くに》へ帰ったのは、あなたとのことが、原因ですか？」

「それも、作られた噂ですよ」

「それなら、なぜ、辞めたんでしょうか？」

「私にも、わかりませんね。彼女は、優秀な秘書だったですから、もっと長く、いて欲しかったんですがね。何か、事情があったんだと思います」

「古賀というカメラマンは、知っていますか？」

「ブルートレインの車内で、彼女に、毒入りのビールを飲ませた男でしょう。会ったことはありませんね」

原口が、否定した。

手術室から、医者や、看護婦が出て来た。

原口が、医者に、近寄って、

「どうだったんですか？　彼は、助かりますか？」

「お気の毒ですが」

と、医者が、いった。

「手術が、失敗したんですか？」

「いや、手術の準備をしている時に、亡くなったんです」

婦長が、原口に向っていった。

7

「これで、二人目ですか」

亀井は、呟《つぶや》いた。

「原口部長を狙《ねら》って、弾丸がそれて、運転手に当ったのだとすると、小田あかりが、怪しいね」

「調べてみますか？」

「今、どこにいるのかね？」

「郷里の久留米だと思います。県警に、協力して貰《もら》いましょう」

亀井が、いった。

請した。

二人は、捜査本部に戻ると、夜半だったが、福岡県警に、連絡をとって、協力を要請した。

翌朝、福岡県警から、返事が来た。

小田あかりは、いったん、久留米へ戻ったが、すぐ、また、上京した筈《はず》だという返事だった。

東京の住所は、前に住んでいた上北沢《かみきたざわ》のマンションになっているという。

十津川と、亀井は、さっそく、そのマンションを訪ねてみた。

京王線の上北沢駅から、歩いて、七、八分のところにある七階建のマンションの七階だった。

小田あかりは、そこにいた。

(美人だな)

と、十津川は、まず思った。カメラマンの古賀が、初めて、ブルートレインの中で出会い、写真に撮《と》りたくなった気持も、わかるような気がした。

ただ美しいだけでなく、どこか、翳《かげ》りを感じさせる。男が、どうしても、彼女の秘密を知りたくなる、そんな魅力がある。

中へ通されてから、十津川は、

「また、久留米から、出て来られたんですね」

「東京に馴《な》れてしまって、久留米では、生活していけないんです。それで、また、上京しました。このマンションを売らずにいて、良かったと思っていますわ」

　と、あかりは、いった。

「今日は、あなたが、不快に思われることを、お聞きしに、来ました」

「覚悟していますわ」

　と、あかりは、微笑した。

「昨日、原口部長に、会いましたよ」

「ええ」

「本当は、どうだったんですか？」

「何がでしょうか？」

「あなたが、会社を辞《や》めた理由です。原口部長は、わからないといっていましたがね」

「一身上の都合ですわ」

「愛情問題が、原因じゃなかったんですか？」

「いいえ」

　あかりは、きっぱり、いった。

　しかし、その強い否定の調子が、十津川には、別の意味に聞えた。

　原口部長と、関係がなかったというのではなく、関係はあったが、原口という男を否定するという調子に、聞えたのだ。

（きっと、性格の強い女性なのだろう）

と、十津川は、思いながら、

「棚橋課長が、亡くなったのは、知っていますか？」

「ええ。驚きましたわ」

「もう、東京におられましたか？」

「はい、東京に戻っていました」

「十月二十八日の午後五時から六時まで、どこにおられました？」

「部屋にいましたわ」

「ここですか？」

「ええ。ひとりで、食事しながら、就職情報の載《の》っている雑誌を見ていました。東京で生きていく以上、早く、仕事を探さなければ、なりませんもの」

「昨夜は、どうされていました？」

「昨夜、何かありましたの？」

「銀座で、小林という運転手が銃で射たれて、死にました。原口部長の運転手です。ひょっとすると、原口さんを狙《ねら》ったのが、小林運転手に、命中したのかも知れません」

「私は、銃なんか、持っていませんわ」

「そうでしょうが、一応、アリバイを聞かせてくれませんか、午後十一時から十二時の間です」

「その時間なら、もう、寝ていましたわ」

「昨日も、仕事を、探しておられたんですか？」

「はい」

「適当な仕事が、見つかりましたか？」

「まだですわ、職安には、登録してあるんですけど」

「十月二十三日は、大変でしたね。ブルートレインの中で、パラコート入りのビールを飲まされて」

「ええ。あの時は、死ぬと、思いましたわ」

「古賀というカメラマンに、飲まされたと、今でも、信じて、いらっしゃるんですか？」

十津川が、聞くと、あかりは、強い視線で、見返して、

「あそこには、私と、あのカメラマンの方しかいなかったんです。他に、誰に、飲まされる可能性があるでしょうか？」

「古賀は、あなたを知らないと、いってるようですがね」

「私も、初めて、会った方だと思います。でも、毒入りのドリンクを飲ませる人って、別に、知っている人を狙うわけじゃないんでしょう？」

第四章　拳銃の行方

1

発砲事件のあった現場の周辺は、徹底的に捜査が行われた。

発砲した場所は、だいたい、推理できた。

約二〇メートル離れたビルの角《かど》から、射ったものと考えられた。

しかし、薬莢《やっきょう》は、見つからなかった。暗がりだし、薬莢を持ち去る余裕があったとは思えないので、犯人が使用した銃は、リボルバーと思われる。

殺された小林運転手の遺体から摘出された弾丸は、三八口径のものだった。従って、犯人は、三八口径リボルバー拳銃《けんじゅう》で、狙撃《そげき》したものと思われた。

「困ったな」

十津川は、その報告を前にして、首をかしげた。

「なにがですか？　警部」

と、亀井が、聞く。

「カメさん。ブルートレインの中での事件も、棚橋課長の事件も、使われたのは、毒薬だった。その点に共通したものが感じられる。しかし、小林運転手の事件は違う。三八口径のリボルバーでの狙撃だ。もし、同一犯人だとすると、なぜ、手段を変えたのか？　別の犯人がいるのだとすると、関連は、どうなるのか、それが、わからん。それで、困っているんだ」

「そうですね。それに、小田あかりは、いぜんとして、古賀にパラコート入りの缶ビールを飲まされたといっていますが、この点は、どう考えられますか？」

「もし、古賀が、本当に、小田あかりに、パラコート入りの缶ビールを飲ませたのだとすると、彼が、大阪府警に逮捕されたことで、事件は、解決してしまっている。そのあと、棚橋課長が殺されたり、小林運転手が狙撃されたりする筈《はず》がないんじゃないかと思うのだよ。あるいは、全く別の事件が、続いて、三つ起きたということも、考えられなくはないが、どうも、そうは、考えにくいのだ」

「すると、小田あかりには、誰が、パラコートを飲ませたと、お考えですか？」

「それがだね、私は、彼女が、助かったことに、疑問を、持っているんだよ」

十津川がいうと、亀井は、びっくりした顔で、

「と、いいますと？」

「例のパラコート入りのドリンク剤事件だがね。味がおかしいと気がついて、吐き出

したが、それでも、死亡したという事例がある。小田あかりは、完全に飲んでしまったというのに、なぜ、助かったのかと、思ってね」

「体質もあるでしょうが、飲んだ量が、少かったんじゃないかと思いますね」

と、亀井が、いう。

「私は、今、カメさんのいったように、量が少かったんだと思うのだ。しかし、考えてみると、相手を殺そうとした犯人が、量を少くするというのも、おかしなものじゃないかね。多くするなら、わかるがね」

「すると、小田あかりは、ブルートレインの車内で、自殺を図ったというのですか？」

「と、私は、思っているんだがね。自殺を図ったが、未練は残っていた。その未練は、多分、企画部長の原口に対するものだったろう。だから、自然に、パラコートの量も、少かった。そんな風に考えてみたんだがね」

「それなら、なぜ、古賀に飲まされたと、嘘《うそ》をついたんでしょうか？」

「病院に運ばれて、助かったとたんに、猛烈に、はずかしくなったんじゃないだろうか？　自分にも、はずかしかったし、原口に笑われるかも知れないという思いが重なって、つい、古賀に、飲まされたと、嘘をついてしまったと、考えたんだがね」

「たまたま、同じロビー・カーに、古賀がいたのが、不運ということですか？」

「それに、古賀は、彼女に、缶ビールをすすめている。そのことが、小田あかりの記憶に残っていたんだと思う。それで、つい、古賀に、缶ビールを飲まされたら、気を失ってしまったと、いったんだろう。もう一つ、古賀にとって、不運だったのは、同じ車内に置かれた自動販売機から買った缶ビールだったことだ。それで、大阪府警では、色めきたってしまったのさ」

「しかし、古賀は、その缶ビールは、ふたを開いていなかったと、大阪府警で、証言しているんじゃないですか？」

「そうだよ」

「しかし、実際には、缶ビールのふたが、開いていた」

「その点は、古賀の記憶違いじゃないかと、私は、思っているんだ。古賀だって、いきなり、犯人にされてしまって動転していた筈《はず》だからね」

「小田あかりが、自殺未遂だとしますと、東京で、続いて起きた二つの殺人事件との関係は、どうなりますか？」

「少しばかり、苦しいが、一応の説明はつくんだがね」

　十津川は、笑いながら、いった。照れ笑いである。自分でも、自信が持てない推理だからだった。

「聞かせて貰《もら》えませんか」

「十中、八九、違っていると思うんだがね」

と、十津川は、断わってから、

「回復した小田あかりは、いったん、郷里の久留米へ帰った。しかし、原口への未練は、断てなくて、再び、上京した。だが、肝心《かんじん》の原口は、アメリカから、まだ、帰っていなかった。そこで、棚橋課長に電話をかけた。多分、原口部長のアメリカの住所を教えてくれといったんだと思う。電話をかけたいので、番号を教えてくれといったんだろう。しかし、きまじめな棚橋は、断わった。断わっただけじゃなくて、もう電話するなと、叱《しか》りつけたのかも知れない。彼女は、カッとした。原口との仲を割《さ》いたのは、棚橋と思ったということも考えられる。そこで、理由をつけて、彼を、東京八重洲口の喫茶店に呼び出して、毒殺した」

「小林運転手はどうなりますか？」

「棚橋課長が、変死して、告別式が行われるので、上司の原口部長は、急遽《きゅうきょ》、帰国した。小田あかりは、それも、期待していたのかも知れない。東京に戻っていた小田あかりは、すぐ、原口に、連絡をとった。とにかく、会いたいといったんだろう」

「ところが、冷たく、あしらわれたので、原口も、殺す気になったというわけですか？」

「秘書であり、愛人関係にあったとすれば、原口が、飲みに行く銀座の店も、知っていたと思うね。だから銀座のあの現場で、待ち伏せしていて、射った。原口の車のナンバーも知っていただろうしね」

「なるほど」

　と亀井が、感心すると、十津川は手を振って、

「感心されると困るんだ。論理的におかしいことは、自分にも、わかっているんだよ。カメさんも指摘したように、毒物を使っていたのが、急に、銃が使われたのも、おかしいし、小田あかりが、犯人だとすると、どこで、銃を手に入れたのかが、問題になってくる」

「共犯の線は、考えられませんか？」

「共犯ねえ」

「そうです。彼女は、あの通り、魅力的な女ですから、若い男が、のぼせて、手伝ったとしても、不思議はないと思いますね。その男が、暴力団関係者なら、拳銃《けんじゅう》を持っていても、おかしくはありませんよ」

「その線を、洗ってみるかね」

2

　十津川は、拳銃の線を、洗ってみることにした。

　三八口径のリボルバーで、条痕《じょうこん》から見て、前に、事件で使用されたことはないとい

うことだった。

小田あかりとどこかで、三八口径のリボルバーが結びつくかどうか、それが、問題だった。

捜査には、四課も、協力して貰《もら》った。現在の日本で、非合法に、一番、拳銃を持っているのは、暴力団だったからである。

拳銃事件などでは、ひそかに、噂《うわさ》が、流れるものだった。しかし、今度の事件に限って、それらしい噂は流れなかった。

暴力団関係を洗ってくれた捜査四課は、今度の狙撃《そげき》事件には、暴力団は、関係していないようだと、十津川に、いってきた。

小田あかりの友人関係は、十津川の部下が、徹底的に、調べていった。

学生時代、会社関係、あるいは、親戚《しんせき》など、彼女と関係のあった人間を、一人残らず、洗いあげていった。

捜査の途中、一人の男が、浮びあがってきた。

及川伸《おいかわしん》という男である。

小田あかりと同じ大学の先輩で、現在、東南アジアからの雑貨の輸入をやっている男だった。

三十一歳で、独身である。

十津川が、この及川に注目したのは、二つの点だった。

一つは、一度、フィリッピンから、拳銃の密輸をしているのではないかという噂が立ったことがあり、取り調べを受けている点である。

もう一点は、小田あかりとの関係だった。

小田あかりが、大学三年の時に、大学祭が行われ、その時、及川が、ＯＢとしてやって来て、彼女と知り合った。これは、一方的に、及川の方が、惚《ほ》れてしまい、強引に、交際を迫ったというのが、真相らしかった。

その後の、二人の間が、どうなっているのかわからない。

もし、続いているのだとすると、及川が、共犯として、浮びあがって来るのである。

十津川と亀井は、新宿西口《しんじゅくにしぐち》のビルの中にある及川の会社を訪ねてみることにした。

会社といっても、ビルのワン・フロアーだけの広さで、従業員も、十五、六人しかいなかった。

二人は、「及川商会」と書かれたドアを開けて、中に入った。

及川はうすいサングラスをかけた恰好《かっこう》で、十津川たちを迎えたが、話の最中も、そのサングラスは、とらなかった。

「小田あかりさんを、ご存知ですね？」

十津川が、単刀直入に聞くと、及川は、血色のいい顔で、微笑した。

「知っていますよ。彼女がどうかしたんですか？」

「新聞は見なかったんですか？」

「何か、彼女のことが、出ましたか？」

「十月二十三日に、彼女が、ブルートレインの『はやぶさ』の車中で、農薬を飲まされたことは、新聞に出ていた筈《はず》ですが」

「二十三日ですか？」

「そうです。二十四日の夕刊に、出ていたと思いますがね」

「それなら、見なくても、不思議はありませんよ。私は、二十五日に、フィリッピンから帰って来ましたから」

「証拠はありますか？」

「ありますよ」

及川は、パスポートを持って来て、見せた。

なるほど、十月二十五日に、日本に戻ったスタンプが、押されている。

社長が、陣頭で、仕事をしているというだけに、彼のパスポートは、出入国のスタンプで、べたべただった。

「アメリカに行かれたことも、あるんですね？」

十津川が、いうと、及川は、笑って、

「主力は、東南アジアですが、アメリカや、ヨーロッパの品物も、仕入れますからね。世界中へ、行っていますよ」

「ところで、小田あかりさんのことですが、交際は、今でも、続いているんですか？」

と、亀井が、聞いた。

及川は、じろりと、亀井を見て、

「そんなプライベイトなことを、答えなきゃいかんのですか？」

「ぜひ、答えて頂きたいですね」

亀井も、負けずに、及川を、睨《にら》み返した。

「理由は？」

「殺人事件が、からんでいるからですよ」

「というと、彼女が、容疑者にでも、なっているんですか？」

「そうは、いってませんよ。しかし、彼女が、何かの意味で、かかわっていると、われわれは、思っていますがね」

「彼女のためになるのなら、証言してもいいですがね。最近は、ぜんぜん、会っていませんよ」

「電話は？」

「時たま、ありましたよ。私の方から、電話することが、多かったですがね」

「どんな話をしていたんですか？」

「まあ、いろいろとですよ。しかし、それ以上の関係じゃありませんね。私としては、もっと深い関係になりたかったですがね」

「アメリカや、フィリッピンで、銃を射ったことはありますか？」

「そりゃあ面白いので、三回ぐらい、射ちましたよ。しかし、銃を買ったことは、ありませんね。どうせ、持ち帰れないんですから」

「リボルバーを、射ったことは？」

「ちょっと待って下さいよ」

と、及川は、眉《まゆ》をひそめて、

「ひょっとすると、昨日の夜の銀座の狙撃《そげき》事件のことを、調べているんじゃないんですか？」

「そうです」

「冗談じゃない。射たれて死んだのは、運転手でしょう？」

「名前は、小林です」

「そんな男のことは、全く知りませんよ。それに、私は、銃は、持っていませんのでね」

「昨夜、殺される筈《はず》だったのは、原口という部長だったのではないかと、思っているんです。大原鉄鋼の企画部長です。その弾丸がそれて、運転手に当ったのではないかということです。原口部長は、知りませんか？」

「知りませんね」

「大原鉄鋼は？」

「知りません」

「小田あかりさんが勤めていた会社ですが、知りませんでしたか？」

「その会社の名前は、知っていますよ。大手メーカーですからね。しかし、私は、何の関係もないということです」

「しかし、彼女とは、今でも、時たま、電話をしていたんでしょ？」

「それでも、彼女は、自分の働いている会社のことは、話しませんでしたからね」

「昨夜のアリバイを聞きたいんですがね。昨日の夜十二時前後のアリバイです。どこに、おられました？」

「うちの会社は、午後六時に終ります。そのあと、飲みに行ったり、まっすぐ帰宅したり、野球の季節なら、ナイターを見に行ったりしますよ。昨夜は、確か十一時頃まで、新宿で飲んで、それから、自宅に帰りましたよ」

「あなたの自宅は？」

「中野《なかの》です。五階建のマンションですよ」

「昨夜は、新宿で、十一時まで飲み、そのあと、自宅マンションに戻って、寝たということですね？」

十津川がいうと、及川は、うるさそうに、

「だから、そういっているじゃないですか？」

「昨夜、飲んだ店の名前を教えてくれませんか？」

「新宿の『さくら』という店ですよ」

「いつも行く店ですか？」

「まあ、月に二、三回はね」

「今でも、小田あかりさんが、好きですか？」

十津川が、かさねて聞くと、及川は、堅い表情になって、

「その質問には、答えたくありませんね」

といった。

3

「失礼ですが、及川さんは、なぜ結婚なさらないんですか？」

十津川は、聞いてみた。

「そんなことは、僕の勝手でしょう」

及川の返事は、次第に、刺々《とげとげ》しくなってきた。

それが、この男の性格的なものなのか、それとも、答えたくない質問のせいなのか、わからなかった。

店を出ると、亀井が、十津川に、向って、

「あの男は、怪しいですね」

といった。

「カメさんも、そう思うかね？」

「必要以上に、攻撃的な男は、何か、後暗《うしろぐら》いところがあると思った方がいいですよ」

「すると、あの男が、昨夜の狙撃《そげき》犯人かね？」

「その可能性が強いと思いますね。小田あかりが、拳銃《けんじゅう》を射ったとは、考えられませんから」

「彼女が、及川に、頼んだと思うかね？」

「私は、あの男が、勝手に射ったんだと思います」

「勝手にねえ」

「及川は、今でも、小田あかりに惚《ほ》れているんじゃないでしょうか。その彼女を、原口企画部長が、おもちゃにして、捨てた。そう考えて、腹を立てていたんじゃないかと、思うんです。そこへ、当の原口が、帰国した。そこで、つけ狙《ねら》って、昨夜、銀座で狙撃したが、暗いところだったので、誤って、運転手を射殺してしまった。そういうことじゃないかと思うのです」

「フィリッピンから、帰って来たばかりだと、いっていたね」

「そうです。暴力団のS組が、最近、百挺を超える拳銃を、フィリッピンから密輸してあげられています。及川も、フィリッピンから、拳銃を持ち込んで来ていたことは、十分に考えられます」

「彼が、アリバイを主張している新宿の店へ行ってみよう」

と、十津川は、いった。

陽《ひ》が落ちるのを待って、二人は、新宿歌舞伎町《かぶきちよう》の「さくら」というクラブに、出かけた。

雑居ビルの地下にある店だが、そこの若いママに会って、十津川は、おやっと、思った。

二十七歳だというが、小田あかりに、よく似ていたからである。じっと見ると、違いもわかるのだが、ぱっと見た瞬間は、瓜二《うりふた》つである。

亀井も、すぐ、それに気づいたと見えて、

「彼が、この店をひいきにしていた理由が、わかりますね」

と、小声で、いった。

「西口で、雑貨輸入の店を出している及川さんは、ここの常連だそうだね？」

十津川は、カウンターで、ママに、話しかけた。

警察手帳を見せたので、彼女は、緊張の表情だったが、それでも、ニッコリ笑って、

「ひいきにして頂いていますわ」

と、いい、十津川と、亀井に名刺をくれた。

林《はやし》ゆかと、刷ってあった。

「どんな人？」

「どんなって、いい人ですよ」

「よく外国旅行をしているけど、一緒に連れて行って貰《もら》ったことはないの？」

「時々、一緒に行きたいわって、いってみるんだけど、まだ、駄目。向うは、仕事だから、仕方がないけど」

「君に惚《ほ》れて通ってるのかな？」

十津川が、聞くと、林ゆかはクスッと笑って、

「それなら、嬉《うれ》しいんですけど」

「昨日も、彼は、ここへ飲みに来たんだってね？」

「ええ」

「何時頃まで、飲んでいたか、覚えていないかね？」

「及川さん、何かしたんですか？」

「いや、別に。それで、時間だがね、彼は、九時頃で、すぐ帰ったといっているんだが」

十津川は、わざと嘘《うそ》をついた。

ゆかの眼が、せわしなく動いた。どう答えたらいいか、迷っているようだが、

「ええ。昨日は、すぐ、お帰りになったんですよ。用があるとかで」

「嘘はいけないね」

横から、亀井が、いった。

「え？」

「彼は、十一時頃まで、ここで、飲んでいたといったんだよ」

「そうでしたわ。十一時頃まで、飲んでいらっしゃいましたよ」

ゆかが、あわてて、いう。

「どうも信じられないね。今、九時に、帰ったといったばかりだからね」

「それは、そちらが――」

「本当は、何時に、彼は、帰ったのかね？」

「だから、いっているでしょう。十一時ですよ」

「まあ、いい」

と、十津川が、口を挟《はさ》んで、

「及川さんは、ここへ、一人で、来るのかね？」

話題が、変ったので、ゆかは、ほっとした顔になって、

「いろいろですわ」

「女性と来たことは？」

「ありますわ」

「君によく似た女性と一緒に来たことはないかね？」

「ああ、あの女《ひと》」

と、ゆかが、笑った。

「一緒に、来たことがあるんだね？」

「私は、そんなに似てないと思ったんだけど、うちのホステスは、みんな、そっくりだといっていましたわ」

「何度か、一緒に、来たのかね？」

「いいえ、一度、だけでしたわ」

「及川さんは、彼女に惚《ほ》れているように、見えたかね？」

「そうね。親切にはしていたけど、あの人は、女の人には、親切ですからね」

「彼女より、君の方に、惚れてるのかな？」

「そうだと、嬉《うれ》しいんですけど」

ゆかは、ニコッと笑った。

「その女性の他に、どんな人と、一緒に、飲みに来ているのかね？」

「いろんな人ですよ。いちいち、紹介して頂きませんから、わかりませんけど」

「暴力団の人間と一緒に、飲みに来たことは、ないかね？」

「わかりませんわ」

「彼が、酔って、拳銃《けんじゅう》の話をしていたことはないかね？　拳銃を持ってるとか、他人《ひと》に、売ったとかいう話を」

「聞いていませんわ」

ゆかが、否定した時、どかどかと、五、六人の男たちが入ってきた。

S組の幹部連中だった。その中には、十津川が、前に、逮捕したことのある顔も、あった。

井村《いむら》というその男は、十津川に気づいて、カウンターのところへやって来ると、

「お久しぶりです」

と、あいさつをした。

奥に座った連中が、こちらを見ている。

「君に、聞きたいことがある」

十津川が、いうと、井村は、眉《まゆ》をひそめて、

「何にも、やっていませんよ」

「君のことじゃない。新宿西口で、輸入雑貨の店をやっている及川という男のことだよ。付き合いはないかね？」

「及川ですか？　知りませんねえ」

「誰か、知っている人間はいないかね？」

「何か、そいつが、やらかしたんですか？」

「いや、知らなきゃいいんだ」

十津川は、亀井を促して、立ち上った。

外に出ると、寒い日なのに、人々が、ぞろぞろと、歩いている。風営法以来、人出が減ったといわれるが、そんなことは感じられなかった。今でも、ここへ来れば、何か面白いことがあると、思って、集って来るのだろう。

「新宿から、銀座の現場まで、どのくらいで行けるかね？」

「深夜なら、道路もすいているでしょうから、車を飛ばせば、三十分で、行けるんじゃありませんか」

「それなら、十一時半には、現場へ着けるわけか」

「そうです」

「狙撃《そげき》された正確な時刻は、十一時二十分だったね？」

「そうです」

「じゃあ、間に合わないか」

「しかし、今のママさんの返事でもわかったように、及川伸が、あの店を出た時刻は、十一時とは、限りませんよ。十一時十分前だったかも知れませんし、二十分前だったかも知れません。十分前なら、ぎりぎりで、間に合いますし、二十分前なら、現場に着いて、待ち伏せる余裕があります」

「カメさんは、及川が、嘘《うそ》をついていると思っているのか？」

「思っています。十一時かっきりに、及川があのクラブを出たという証拠はないんです。ママが、相槌《あいづち》を打っていますが、彼女は、客のいいなりですよ」

「アリバイは、あいまいと見ていいわけだな」

「そうですね」

「あとは、及川が、拳銃を持っていたことが証明されればいいわけか」

「フィリッピンで、及川が、現地人から、拳銃を買うのを見た証人でもいれば、いいんですが」

「難しいな」

「何とか調べてみます」

と、亀井は、いった。

4

亀井は、及川が、時々、同業者と、一緒に、東南アジアに行くことも、調べてきた。

仕事の時は、一人で行くが、遊びの旅行では、同業者と、五、六人で出かけるのだ。

その中の一人、浜田《はまだ》という男に、亀井は会って見ることにした。

亀井が、この男に狙《ねら》いをつけたのは、サギの前科があったからである。脅せば、何もかも、喋《しゃべ》りそうな気がしたのだ。

四谷《よつや》に、店を持っている浜田は、三十五歳の小柄な男だった。抜け目がない、小さな鼠《ねずみ》に見える。

亀井が、及川の名前を出すと、浜田は、自分のことではないのかと、ほっとした表情になって、

「ああ、あの男のことですか。なかなか商売上手《じょうず》ですよ」

「時々、君と一緒に、フィリッピンなんかに遊びに行くそうじゃないか」

「二人とも、独身ですからね。まあ、遊ぶんなら、日本より、向うの方がいいです」

「フィリッピンじゃあ、拳銃《けんじゅう》を買えるんだろう？」

「私は買ったことは、ありませんよ」

「一般的な話をしてるんだ」

「ルートを知ってれば、手に入りますよ。ただ、日本へ持ち込むのが、大変ですよ。それは、刑事さんの方が、よく、ご存知でしょうがね」

「それでも、持ち込まれている」

「そうですか」

「とぼけなさんなよ」

「私はね。危ない仕事には、手を出さないことにしてるんですよ」

「君のことは、どうでもいいんだ。及川伸は、銃に、興味を持っていたんじゃないのか？　向うで、よく、銃を射っていたと聞いているんだ」

「それは、私も、射ちましたよ。向うじゃ、それで、逮捕は、できませんからね」

「及川は、その揚句《あげく》、自分で、どうしても本物の拳銃が、欲しくなって、向うで買って、持ち帰ったんじゃないかね？」

「それは知りませんね」

「拳銃を買えるルートだがね。及川も、そのルートを知っていたんじゃないのか？」

「さあ、どうですかねえ」

「あんまり、とぼけると、君のことを、徹底的に調べるよ。叩《たた》けば、埃《ほこり》が出るんじゃないのか？」

「脅さないで下さいよ」

「おれは、真剣だよ」

亀井がいうと、浜田は、青い顔になって、

「どうすれば、いいんです？」

「及川が、向うで、拳銃を手に入れたかどうか知りたいんだ」

「少し待ってくれませんか」

「待てば、わかるのか？」

「マニラに知り合いがいるんです。そいつに、電話して聞いてみますよ。そいつに頼めば、拳銃だって簡単に手に入るんです。手製の銃も、アメリカ軍の銃もですよ。もし、及川が銃を手に入れようと思えば、きっと、そいつに頼んだに違いないんです」

「時間が、かかるのか？」

「明日の朝まで待って下さい」

「わかったら、電話してくれ。逃げるなよ」

亀井は、釘《くぎ》をさしてから、電話番号を教えて、別れた。

翌日の午前十時頃、浜田から、電話が、かかった。

浜田の声は、明るくはずんでいた。

「今度、何か事件を起こしても、大目に見て貰《もら》いたいですね」

「じゃあ、及川のことは、わかったのか？」

「絶対に、私から洩《も》れたことは、いわないで下さいよ」

「わかってるよ」

「昨日いったマニラの男に、電話したんですよ。もし、及川が、お前さんから拳銃を買ったのなら、おれも買いたいと持ちかけてみたんです」

「それで？」

「そしたら、驚きましたよ。及川の奴、二度にわたって、拳銃を買っていたんです」

「二度もか？」

「そうですよ。去年の九月に、一挺。それから、今度のフィリッピン行きで、一挺です。どうやって、国内へ持ち込んだのか、わかりませんがねえ」

「どんな拳銃なんだ？」

「去年の九月の分は、コルト自動拳銃《オートマチツク》、今度は、リボルバーだったそうです」

「リボルバーは、何口径だ？」

「そこまでは、聞きませんでした」

「聞いておいてくれ」

「お役に立ったでしょう？」

「十分に、役に立ったよ」

「ギブ・アンド・テイクを忘れないで下さいよ」

「そんな約束をした覚えはないよ」

亀井は、そっけなくいって、電話を切った。

亀井の報告は、十津川を喜ばせた。

及川がマニラで手に入れた拳銃で、一昨夜、銀座で狙撃したとすれば、少くとも、小林運転手殺しについてだけは、解決したことになるからである。

「逮捕しますか？」

と、亀井が、十津川を見た。

「とにかく、もう一度、及川伸に会ってみよう」

と、十津川は、いった。

二人は、新宿西口の「及川商会」を、もう一度、訪ねてみた。

店は、開いていたが、社長の及川は、休んでいた。

十津川は、また、嫌な予感がしてきた。

店で、電話を借り、中野の彼のマンションに、かけてみた。

誰も出なかった。

5

十津川は、嫌な予感がした。

「行ってみよう。カメさん」

と、十津川はいった。二人は、中野の及川のマンションに、車を飛ばした。

「及川は、追い詰められたと感じて、フィリッピンにでも、高飛びしましたかね」

車を走らせながら、亀井が、いう。

「それなら、まだいいが、ひょっとすると、口を封じられたのかも知れない」

「及川から、リボルバーを買った人間ですか？」

「そうだ」

「そこまで、やるでしょうか？」

「やらないでいてくれると、われわれとしては、有難いがね」

と、十津川は、いった。

中野駅近くの及川のマンションに着くと、二人は、車から飛び降りた。

午後三時を回ったばかりで、まだ、勤め人は帰っていない時間のせいか、マンションの中は、静かだった。ただ、学校から帰って来たらしい子供たちの声が、廊下に聞えている。

十津川たちは、五階の及川の部屋に、あがって行った。

洒落《しゃれ》た紫檀《したん》のドアがついている。

十津川は、インターホーンのベルを押してみた。

返事はない。

「留守《るす》なんですかね？」

亀井が、自分でも、ベルを押してみてから、十津川を見た。

「電気のメーターは、勢いよく廻《まわ》っているよ」

「そうですね。これだけ廻っていると、ヒーターでもつけっ放しになっているんじゃありませんか」

「静かにして――」

と、十津川は、口に指を当てて、ドアに耳を押しつけた。

「どうされたんですか？」

「テレビの音が聞えてくる。ボリュームをあげているんだろう。ここまで聞こえてくるからね」

「すると、誰かいるんでしょうか？」

「誰もいないのに、ヒーターがつき、テレビが鳴っているというのは、不自然だよ」

「入ってみますか？」

亀井は、ドアのノブに手をかけて、廻してみたが、ドアは開かなかった。

「カメさんは、ここで、待っていてくれ。私は、令状を貰《もら》ってくる」

と、十津川は、いった。

6

捜査本部へ車を飛ばして戻り、本部長に、事情を話した。

「及川は、部屋の中で殺されているか、海外へ高飛びしたか、そのどちらかだと思います。至急、部屋の中を、調べてみたいのです」

と、十津川は、自分の意見を、付け加えた。

「その考えに、自信があるのかね?」

「あります。多分、及川は、部屋で死んでいます」

十津川は、確信を持って、いった。

本部長は、すぐ、手続きを取ってくれた。

令状を持って、十津川が、中野のマンションへ戻ると、亀井は、早手廻しに、近くの錠前屋の人間を呼んでいた。

ドアが開き、十津川と、亀井は、中に入った。

廊下が寒かったせいか、部屋の中は、むっとする暖かさだった。広い居間も、ヒーターがきいていて、暖かい。

じゅうたんを敷きつめた居間に入った時、最初に見つかったのは、俯伏《うつぶ》せに倒れている若い女だった。

下着姿で、彼女が脱いだらしいドレスや、ミンクのコートは、ソファの上に投げ出されている。

亀井が、女の身体を抱き起こした。

生気のない顔が、見えた。細い喉《のど》には、花柄のネクタイが、巻きついていた。

「死んでいますね」

と、亀井はいい、そっと、女の身体を、じゅうたんの上に、横たえた。

十津川は、及川を探して、奥へ突進した。

居間に続いて、八畳の和室がある。そこには、マージャン卓が置いてあったが、及川の姿はなかった。

一番奥の寝室を開けたが、そこにも、及川の姿はない。

(逃げたのか?)

と、一瞬、十津川は、思った。

逃げたとすれば、海外だろう。だが、居間の若い女の死体は、何なのか、と思いながら、バスルームを、開けてみた。

そこに、及川が、いた。

いや、いたという表現は、適切を欠くだろう。すでに、死体だったからである。

シャワーの付け根から、縞模様《しまもよう》のネクタイで、首を吊《つ》って、死んでいたのである。

パジャマ姿の及川は、タイルの上に、尻《しり》もちをついたような恰好《かっこう》になっていた。

「すぐ、鑑識を呼んでくれ」

と、十津川は、及川の死体を見つめたまま、亀井に、いった。

7

居間のテレビは、つけっ放しになっていた。

十津川は、居間に戻り、ソファの上にあったヴィトンのハンドバッグの中身を、調べてみた。

運転免許証が、入っていた。

貼《は》られた写真は、じゅうたんの上で死んでいる女と同じ顔である。

パスポートも見つかった。

名前は、矢野可奈子《やのかなこ》となっていた。そのパスポートもかなりひんぱんに、出入国のスタンプが押してあった。

「ハンドバッグの中に、わざわざ、パスポートを入れておいたということは、外国へ行こうとしていたんですかね?」

亀井が、首をかしげながら、聞いた。

「一見したところ、女が、及川に、海外へ逃げようと誘ったが、及川が、無理心中をしたという感じだね」

「殺人なら、犯人が、そう見せようと細工したことになりますね」

亀井が、いった時、鑑識が、到着した。

十津川は、彼等の作業が終るまで、亀井を促して、廊下に出ることにした。

「やはり、及川は死んでいましたね」

亀井が、小声で、いった。

マンションの住人たちが、及川の部屋の近くでかたまって、ひそひそ話をしている。

十津川は、溜息《ためいき》をついた。

「これで、四人か」

寝台特急「はやぶさ」の中で起きた殺人未遂事件が、あっという間に、四人の人間を殺すことになってしまった。もちろん、まだ、その関連は証明されていないが、十津川は、関連ありと、見ていた。

鑑識の作業が終り、男女の死体が、解剖《かいぼう》のために運ばれていったあと、十津川と亀井は、改めて、2LDKの部屋の中を調べていた。

まず、死んだ女の写真が、何枚か見つかった。

及川と並んでいる写真もあった。二人とも水着姿で、背景《バック》の風景から見て、ハワイあたりで撮《と》ったものらしい。

「及川の恋人のようですね」

と、亀井が、写真を見ながらいった。

机の引き出しには、及川のパスポートと、ドル紙幣が、五千ドルほど、ゴムでとめて、入っていた。

「彼も、海外へ行くつもりだったようだね」

「逃げるつもりだったということですかね？」

「そうかも知れん。女の方も、そのつもりで、パスポートを持って、やって来たんじゃないかね」

「そして、無理心中ですか」

「それとも、誰かが、無理心中に見せかけて殺したかだな」

と、十津川は、いった。

西本や、日下《くさか》刑事たちも、やって来たので、十津川は、彼等に、徹底的に、部屋の中を探させた。

探すものは、拳銃《けんじゅう》である。

本棚は、本を一冊ずつ、引き出して調べた。

押し入れは、中の毛布や、布団《ふとん》を、引っ張り出し、刑事たちが、身体を、中に入れて、調べた。

拳銃は、なかなか見つからなかった。

見つかったのは、冷蔵庫の中だった。

野菜を入れておく下の段に、大きなキャベツをくり抜いて、かくしてあった。

三八口径のリボルバーである。

「ありましたね」

と、亀井が、眼を輝かせた。

「すぐ、弾道検査をして貰《もら》ってくれ」

十津川は、西本刑事に、その拳銃を、科研に持って行かせた。

「あれで、運転手を射殺したと、思われますか？」

亀井が、聞く。

「十中、八九はね」

「すると、運転手殺しの犯人は、及川ですか？」

「多分ね」

「しかし、及川と、あの運転手と、関係があるとは、思えませんが」

「もちろん、頼まれたんだろう」

「頼まれて、運転手を、ですか？」

「いや、頼まれたのは、原口企画部長の方だろうと思うね。だが、ミスして、傍にいた小林運転手を射ってしまったんだろう。それで、恋人と、海外へ脱出しようとしていたのかも知れない」

「依頼人は小田あかりですか？」

「証拠はないよ」

と、十津川は、いった。

二人は、一緒に死んでいた矢野可奈子のことを、調べることにした。

運転免許証にあった三鷹《みたか》のマンションに、車を、走らせた。

1LDKの部屋に入ってみて、まず、わかったのは、彼女が、モデルだということである。

銀座にあるモデルクラブに属しているらしく、同僚と撮った写真が、壁にかかっていた。

しかし、部屋の様子から見て、そう売れているモデルだったとは、思えなかった。

芸能週刊誌が、あって、そのページをめくっていくと、彼女が、ヌードで写っているものがあった。そういうモデルだったということだろう。

フィリッピンや、インドネシアなどの土産品《みやげ》が、棚に並べてあったが、これは、恐らく、及川と一緒に行った時のものか、あるいは、彼から貰《もら》ったものだろう。

十津川と亀井は、捜査本部に戻った。

夜半になって、最初に、及川伸と、矢野可奈子の解剖《かいぼう》結果が、知らされた。

二人とも、死因は、窒息《ちっそく》死である。死亡推定時刻は、昨夜の午後十時から十二時までの間となっていた。

死因が、二時間と広いのは、部屋が、暖められていて、幅を狭く出来ないのだということだ。

続いて、科研からの報告が入って来た。

弾丸を試射して、条痕《じょうこん》を調べたところ、小林運転手を射殺した銃と同じものと、断定してあった。

どちらも、十津川の予想した通りの結果だったといっていい。

問題は、及川伸が、自殺か、殺されたのかということだった。

ネクタイで、首を絞めたことは、間違いない。ただ、それを、誰が、やったかである。

自殺の場合は、上から吊《つ》り下がる形になるので、喉《のど》につく条痕は、斜めになり、他殺の場合は、横につくといわれている。

報告書にあった条痕は、斜めだった。

「意外ですね。これだと、自殺の可能性が強くなりますね」

亀井が、いった。

「被害者が、座っていて、犯人が、その背後に立つ形で、ネクタイを使えば、条痕は、下から上へ、斜めにつくだろう」

「しかし、被害者は、大人しく、座っていますかね？」

「大人しくさせておいたのかも知れない」

「と、いいますと」

「よくわからないが、朝になったら、解剖した医者に、会ってくるよ」

と十津川は、いった。

夜が明けてから、十津川は、二人を解剖した大学病院に、出かけた。

解剖に当ったのは、斎藤という外科医だった。

「男性の方ですが、喉《のど》の条痕は、二重になっていませんでしたか？」

と、単刀直入に、十津川は、聞いてみた。

「いや、二重じゃありませんでしたよ」

斎藤医師は、首を振って見せた。

「では、外傷はありませんでしたか？」

「外傷ですか？」

「そうです。後頭部を殴られていたか、みぞおちに殴られた痕《あと》があるとかです」

「いや、そうした外傷も、ありませんでしたね」

「では、胃の中に、薬はどうですか？　例えば、睡眠薬を飲んだ形跡があるとかと、いったことですが」

「つまり、睡眠薬を飲んだあとで、首を吊《つ》ったということですか？」

「そうですが」

「それもありませんね。ただ、妙なことが、一つ見つかりましたよ」

「どんなことですか？」

「肺《はい》の中にわずかですが、水が入っていましたよ」

「水ですか？」

「そうです。もちろん、それが死因じゃありません。死因は、あくまでも、首を絞めたことによる窒息死です」

「すると、こういうことが、考えられますね。誰かが、あの男を押さえて、顔を水の中に突っ込んだ。その時、男は、水をのみ込み、肺に、わずかだが、水が入った。しかし、溺死《できし》の状態には、ならなかった。ぐったりした男を、今度は、ネクタイで首を絞めて、殺したということがです」

「考えられないことはありませんが、もし、誰かが、やったのだとしたら、どうして、そんな面倒くさいことをしたんですかね？」

「もちろん、自殺に見せかけるためですよ」

と、十津川は、いった。

捜査本部に戻って、亀井に、その話を知らせると、亀井は、首をひねって、

「どうも、犯人の意図がわかりませんね」

「どこがだね？　犯人は、気を失わせておいてから、自殺に見せかけるようにしたのさ。気を失っていれば、及川を座らせておいて、犯人は、立った形で、ネクタイで、喉《のど》を絞めあげられるからね。それとも、直接、バスルームに引きずっていって、吊《つ》り下げたのかも知れない」

「それはわかりますが、水に、顔を突っ込んで押さえておいて、本当に、溺死してしまったら、自殺に見せかけることが、出来なくなってしまうんじゃありませんか？　それに、頭髪も、パジャマも、ぬれていませんでした。頭髪は、乾《かわ》いたのかも知れませんが、パジャマが、乾いたとは、思えません」

「及川が、水に、頭を突っ込まれたときは、他の服を着ていたんだろう」

と、十津川は、いった。

だが、犯人が、面倒なことをしたなという疑問は、十津川自身も、感じていた。自殺に見せかけるにしても、少しばかり、廻《まわ》り道をしすぎるなという気がしたのである。

第五章　疑惑の女

1

十津川は、ふと、小田あかりは、どうしているだろうかと、思った。

「どうだ、カメさん。彼女に、会いに行ってみないか」

と、十津川は、亀井に、いった。

「警部は、彼女が、怪しいと思われるんですか？」

「容疑者の一人であることは、間違いないよ」

「しかし、彼女に、あんな殺しが、出来るでしょうか？」

と、亀井は、首をかしげた。

十津川は、小田あかりのすらりとした長身を、思い出した。

背は高いが、全体に、スレンダーな印象である。弱々しくも見える。

「一見したところ、無理なようだが、わからないよ。相手の不意をつけば、可能かも知れない」

と、十津川は、いった。

去年の夏、こんな事件が、あった。

酒乱の父親を、思い余って、絞殺した十七歳の娘のことである。

父親は、素人角力《しろうとずもう》の横綱だったこともあって、がっしりした大男だった。十七歳の娘の方は、体重が、四十五キロしかなかった。その娘が、ロープで、父親の首を絞めて、殺してしまったのである。

相手が、酒に酔って、眠っていたとはいえ、最初は、信じられなかった。共犯がいたに違いないと思った。だが、結局、その娘一人の犯行だったのである。

火事場の何々というが、危険以外にも、怒りや、憎しみも、予想外の力を出させるだろう。

十津川と、亀井は、パトカーで小田あかりのマンションに向った。

彼女は、留守《るす》だった。

しばらく、マンションの前で待っていると、彼女が、車で、帰って来た。

中古の赤いフェアレディだった。

「その車を、どうしたんですか？」

十津川は、スポーツ・カーと、小田あかりの顔を、見比べるようにして、聞いた。

今日のあかりは、ジーンズに、白いブルゾンといった恰好《かっこう》をしていた。

「買ったんです。中古ですけど」

と、あかりは、笑顔で、いった。

「なぜです？」

「やはり、東京に、住みたいと思って。それには、車があった方がいいなと思って、買って来たんですわ」

「運転は、上手《うま》いんですか？」

「さあ。女らしくないとは、いわれますわ」

「今日は、どこにドライブされて来たんですか？」

「あちら、こちら、気の向くままに、ドライブして来たんです」

と、あかりは、いってから、改まった口調で、

「今日は、何のご用ですの？」

と、十津川に、聞いた。

「また、二人の人間が、殺されましてね」

「また――？」

あかりは、大きな眼で、十津川を、見つめた。

「及川伸という男と、彼の恋人です」

十津川は、あかりの表情を見ながら、いった。

「その人、どういう方なんですか？」

「ご存知ありませんか？」

「ええ。ぜんぜん」

「大原鉄鋼の原口企画部長が、銀座で、射たれ、彼の代りに、小林という運転手が、死にました」

「それは、知っていますわ」

「及川伸は、狙撃《そげき》に使った拳銃《けんじゅう》を持っていた男です。多分、口封じに、殺されたんですよ」

「私には、関係ありませんわ」

「原口部長を、憎んでいるんじゃありませんか？」

「そういう質問には、答えられませんわ」

「今日、中野に、車で行きませんでしたか？」

「いいえ」

「じゃあ、どの辺を、ドライブされていたんですか？」

「はっきり覚えていませんけど、中野には、行っていませんわ」

「拳銃を射ったことは、ありますか？」

「え？」

と、あかりは、びっくりした顔で、十津川を、見て、

「とんでも、ありませんわ」

「これから、どうするつもりですか？」

「何をですの？」

「毎日、ドライブに行くつもりでもないでしょう？」

「ええ。仕事を探さなければならないと、思っていますわ」

「しかし、スポーツ・カーを買って、ドライブしていて、仕事が、見つかるとも、思えませんがね」

十津川がいうと、あかりは、小さく笑って、

「私は、まだ、若いんです」

「ええ。それは、わかります」

「人生も、少しは、楽しみたいと思っているんです。いけません？」

あかりは、急に、挑戦的《ちょうせんてき》な眼になって、十津川を見た。

2

「車は、いつ、買ったんですか？」

今度は、亀井が、聞いた。

「昨日、買いましたけど」

「中古でも、これだけの車なら、かなりしたでしょう?」

「ええ」

「失礼ですが、そのお金は?」

亀井が聞くと、あかりは、一瞬、眉《まゆ》をひそめたが、すぐ、笑顔になって、

「大原鉄鋼を辞《や》めた時、退職金を貰《もら》っていましたから」

「こういう質問は、嫌でしょうが、原口部長を、今、どう思っているんですか?」

「何とも、思っていませんわ」

「本当ですか?」

「本当ですわ」

あかりは、肩をすくめるようにして、いった。

「ブルートレイン『はやぶさ』のロビー・カーで起きた事件ですがね。今でも、毒を飲ませたのは、古賀というカメラマンだと、思っているんですか?」

これは、十津川が、聞いた。

あかりは、うんざりしたというように、溜息《ためいき》をついた。

「もう、何回も、お答えしましたわ。大阪府警の刑事さんにも、あなたにも」

「そうでしたね。ひょっとすると、あなたの気持が、変っているかも知れないと、思ったものですからね」

「あの時、ロビー・カーには私と、あのカメラマンしかいなかったんですわ」

「だから、古賀が、農薬を入れた缶ビールを飲ませたと？」

「他に、考えようが、ありませんもの」

「古賀は、絶対に、そんなことはしていないと、いっているんですがね」

「それも、何回も、聞きましたわ」

「今日は、これから、どうされるんですか？」

「部屋に入って、少し、休みますわ。いろいろ、嫌な質問をされて、疲れてしまいましたから」

あかりは、皮肉な眼つきになって、十津川たちを見てから、マンションの中に、入ってしまった。

十津川は、道路に停《と》めてある赤いスポーツ・カーを見つめた。

「仕事を探しているというのは、嘘《うそ》ですね」

と、亀井が、いった。

「多分ね」

「仕事を探している人間が、こんなスポーツ・カーを買って、ドライブを楽しんでいる筈《はず》がありませんよ」

「じゃあ、何のために、彼女は、この車を買ったんだろう？」

「足の確保だと思います。こんなスポーツ・カーが一台あれば、何かあった時、素早く行動出来ますからね。いや、何かあった時じゃなく、何か、しようとする時かも知れません」

「彼女が、何かしようと考えていると、カメさんは、思っているのかね？」

「少くとも、東京駅前の喫茶店で、大原鉄鋼の棚橋課長が毒殺された事件には、彼女が、関係していると、私は、思っています。証拠は、ありませんが」

「動機は？」

「それも、はっきりしないんですが」

「問題は、動機だね。小田あかりと、原口部長との間に、愛情問題のもつれがあったということは、十分に考えられるが、原口の部下の棚橋課長が、それに、どう絡《から》んでいたのかが、わからない」

「棚橋課長は、原口部長の腰巾着《こしぎんちゃく》みたいな存在だったんじゃありませんかね」

と、亀井が、いった。

二人は、スポーツ・カーの傍を離れ、自分たちの乗って来たパトカーのところまで、歩いて行った。

「それで？」

と、十津川は、先を促した。

亀井は、運転席に、腰を下してから、

「原口部長は、秘書の小田あかりと、出来ていた。これは、間違いないと、思います」

「同感だよ。社内でも、噂《うわさ》になっていたようだからね」

「どこへ行きます？」

「捜査本部へ戻ろう」

と、十津川が、いった。

亀井は、パトカーを、発進させてから、

「原口は、彼女に向って、甘いことを、いったに違いありません。将来結婚しようとか、家内とは、うまくいっていないから、離婚するつもりだとかです」

「うん」

「彼女の方も、原口のいうことを、信じていた。それが、少しずつ、おかしくなってきたんじゃないでしょうか。原口は、最初から、小田あかりと一緒になる気はなかった。奥さんと、離婚する気もなかった。よくある話です」

「それで、破局を迎えたか」

「そうです。彼女は、自分から、会社を辞《や》めたのか、それとも、辞めさせられたのか、そこは、わかりませんが、いずれにしろ、辞めることになった。会社は、スキャンダルが、洩《も》れるのを恐れて、原口を、アメリカに追いやったんです」

「棚橋課長は？」

「彼は、忠犬のように、小田あかりを辞めさせる方向へ、持っていったんじゃありませんかね。もちろん、原口の意を受けてでしょうが」

「それで、彼女は、棚橋課長も、恨んでいたというわけか」

「違うでしょうか？」

あまり、自信のなさそうな声で、亀井が、いった。

「いや、カメさんのいう通りかも知れないよ。その棚橋は、女から呼び出されて、東京駅前の喫茶店へ出かけたと思われるんだが、なぜ、のこのこ、出かけて行ったんだろうか？　電話で呼び出されたらしいし、もし犯人が、小田あかりなら、棚橋は、彼女の声は、よく知っているだろうにね」

「彼女は、何か、持っているのかも知れません」

「何かというと？」

「会社の秘密というと、あまりにも、ありふれていますが」

「そうだね」

「仲の良かった頃の原口との何かということも考えられます。二人の情事の写真でも、

「それもあるでしょうが」


「小田あかりは、そんな写真の存在をちらつかせて、棚橋課長を、呼び出したか？」

「そうです。棚橋としてみれば、うまく、自分の一存で処理出来れば、手柄になりますからね。それで、出かけて行ったが、女の方は、最初から、殺すつもりで、待ち構えていたんです」

「それほど、棚橋を、憎んでいたということか」

助手席で、十津川は、首をかしげた。

亀井は、

「それもあるでしょうが」

といった。

「彼女は、棚橋を殺せば、アメリカにいる上司の原口も、帰国せざるを得ないだろうと、計算したんじゃないでしょうか。彼女の目的は、あくまでも、原口でしょうから」

「そうか。その計算があったか」

「その計算通り、部下の葬儀ということで、原口は、帰国しましたから」

「そして、銀座で、狙撃《そげき》された。となると、あの事件も彼女の犯行ということになってくるんだが」

また、十津川は、首をかしげてしまった。

一連の動きからすると、すべて、小田あかりの犯行と考えた方が、納得が、いくのである。

(だが――)

と、思う。

棚橋課長を毒殺したのと、リボルバーでの狙撃では、その手口が、違いすぎるのだ。

「小田あかりと、及川伸との関係を、もう一度調べた方がいいね」

と、十津川は、いった。

「調べてみましょう」

と、亀井が、いった。

捜査本部には、及川伸と、恋人の矢野可奈子が殺された件について、いくつかのことが、報告されていた。

一つは、及川と、恋人の可奈子が、フィリッピンの入国ビザをとっていたことである。やはり、あの二人は、フィリッピンに、逃げる気だったのだ。

ただ、申請した日付が、銀座で、小林運転手を射殺する前日になっていた。

及川が、射ったとすれば、彼は、何者かに、原口部長を射殺してくれと頼まれ、射ったあと、フィリッピンに逃げる気だったのだろう。失敗して、運転手を、射ってしまったのだが。

もう一つは、及川の部屋からは検出されなかった指紋のことである。

「ドアのノブや、バスルームのシャワーの栓《せん》の部分は、きれいに、拭《ふ》き取られていたよ」

と、鑑識が、十津川に、いった。

「犯人が、拭き取っていったということか」

「まさか、死人が、拭き取ったりは、しないだろうからね」

と、鑑識は、笑った。

自殺に見せかけようとしておきながら、指紋を拭き取ってしまったら、他殺であることを、告白しているようなものではないかと、十津川は、苦笑した。

この犯人の行動は、どうも、混乱していると、思う。及川を殺すにしても、最初は、水に沈めて殺そうとしたのに、途中から、自殺に見せかけようとして、吊《つ》るしているのだ。

(どうも、わからないな)

と、十津川は、思った。

亀井は、清水刑事を連れて、小田あかりと、及川伸の関係を、調べに出かけて行った。

3

小田あかりと、死んだ及川伸とのその後の関係は、いっこうに、浮びあがって来なかった。

企画部長の原口は、社用で、何度も、海外へ出張している。

その中の何回かに、あかりは、秘書として同行していた。

原口とあかりの二人だけで、ヨーロッパを旅行したことも、あった。どうやら、社用と私用の観光旅行が、半々の旅だったらしい。

不謹慎といえば、不謹慎だが、それが許されたのは、原口が、会長、社長の一族の一員ということが、あったのだろう。

その旅行先で、及川伸に会ったということは、十分に、考えられた。

また、小田あかりが、一人で、会社に休暇をとり、東南アジアを旅行したことがあることも、わかった。

期間は、一週間で、二年前の五月である。

この間《かん》に、及川も、フィリッピンへ旅行していることが、わかった。

二人が、フィリッピンで、出会ったことは、大いに考えられるが、証拠は、なかった。

及川商会の社員に、小田あかりの写真を見せたが、反応はなかった。

及川伸と、彼の恋人が殺された時刻の小田あかりのアリバイも、いぜんとして、あいまいなままである。自宅マンションで、眠っていたという証言を、崩すことは、出来なかった。

棚橋課長の殺人現場である喫茶店と、小林運転手が射殺された銀座の聞き込みも、続けられたが、これはという収穫は、なかった。

「参りましたね」

と、亀井が、肩をすくめるようにして、十津川を見た。

「そのうちに、突破口が、見つかるさ」

「容疑者が、わかっているのに、証拠がないというのは、いらいらしますね」

と、亀井が、いう。

その点は、十津川も、同感だった。

小田あかりは、原口企画部長を憎んでいる。今度の一連の事件は、それが、出発点のような気がする。

だが、彼女を逮捕するだけの証拠が、見つからないのである。

「このまま、もたついていると、また、新しい事件が、起きますよ」

と、亀井が、いった。

「次に狙《ねら》われるのは、原口かな？」

「そう思います」

「原口に、監視はつけてあったかな？」

「つけてありません。つけたんですが、原口の方から、抗議があって、中止しました」

「すると、原口の動きは、わからないということかね？」

「いや、つけてないことになっていますが、西本刑事と、清水刑事が、勝手に、原口部長の周辺を、うろうろしています」

と、亀井が、笑った。

十津川も、苦笑して、

「勝手にね」

「そうです。警部の命令ではありませんので、原口部長から文句が来ても、知らん顔をして下さい」

亀井が、いった時、その西本刑事から、電話が入った。

「今、東京駅です」

と、西本は、いった。なるほど、駅の騒音のようなものが、聞こえてくる。

「じゃあ、原口も、東京駅に来ているのか？」

十津川は、聞いた。

「そうです。彼の車を、尾行したら、東京駅に着いたんです」

「原口は、何をしに、東京駅に行ったのかな？」

「わかりません。今、清水刑事が、見張っています」

「現在、午後四時か」

「ちょっと待って下さい。清水刑事が、来ました」

と、西本がいい、すぐ、清水刑事の声に代った。

「原口は、これから、寝台特急『はやぶさ』に乗る気です」

「ブルートレインにか？」

「そうです。運転手が、切符を買って、原口に渡しました」

「運転手も、一緒に乗るのか？」

「いや、彼は、車を運転して帰りましたから、乗るのは、原口一人だと思います」

「寝台特急『はやぶさ』というと、小田あかりが、毒物を飲んだという列車だったね」

「そうです。『はやぶさ』のロビー・カーです」

「その列車に、なぜ、原口が、乗るんだろう？」

「わかりませんが、気になります」

「四時五〇分に、発車だったな？」

「そうです」

「取りあえず、君と西本君も、その列車に乗ってくれ。あくまでも、原口に、気づかれないようにだ」

と、十津川は、いった。

4

電話を切ってから、十津川は、腕時計に眼をやった。

午後四時二〇分になっている。

「原口が、『はやぶさ』に、乗るんですか？」

と亀井が、聞く。

「そうらしい、切符を買ったそうだ」

「どういう気なんですかね、小田あかりが毒殺されかけた列車でしょう。それに、わざわざ乗ろうという神経が、私には、わかりませんよ」

亀井は、呆《あき》れたという表情をした。

「小田あかりが、誘い出したのかも知れないよ」

と、十津川が、いった。

「棚橋課長を、東京駅前の喫茶店に、誘い出したようにですか？」

「そうさ。昔の二人の関係を、公《おおやけ》にするぞといって、脅したんじゃないかな」

「すると、彼女も、同じ列車に、乗ると思われますか？」

「わからないが、もし乗ったとすると、何か起きる可能性が出てくるね」

「われわれも、乗りますか？」

「そうだな」

「東京駅では、間に合いませんが、新幹線に乗れば、追いつけます」

「よし。乗ってみよう」

と、十津川は、決断した。西本と清水の二人に、委《まか》せておけないものを、感じたからだった。

十津川と、亀井は、すぐ、捜査本部を出た。

東京駅に着いたのは、午後五時を過ぎていて、もちろん、一六時五〇分発のブルートレイン「はやぶさ」は、出てしまっていた。

新幹線の「こだま」に乗れば、静岡で、追いつけるが、十津川と亀井は、名古屋で、追いつくことにした。

「はやぶさ」の名古屋着は、二一時三五分である。ここには、二分停車する。

名古屋で乗り込む気なら、東京を、一九時一七分に出る「ひかり391号」でも、間に合うのだ。

まだ、二時間ある。十津川は、その間、小田あかりの動きを、知りたかったのである。

現在、彼女の監視には、日下《くさか》と、田中の二人の刑事が、当っていた。

十津川は、東京駅の派出所から、捜査本部に、連絡をとり、日下たちの報告は、こちらへ廻《まわ》すように、いった。

もし、原口の動きが、小田あかりに関係したものなら、彼女も、動き出すに、決っていたからである。

午後六時に、日下から、東京駅派出所に、連絡が入った。

「彼女は、まだ、自宅マンションにいます」

と、日下は、十津川に、いった。

「本当に、いるんだろうね？　部屋に、灯をつけておいて、外出したということは、ないかね？」

十津川は、念を押した。

「大丈夫です。田中刑事が、電話をかけてみたところ、彼女が、出ました。田中刑事は、何もいわずに、電話を切りましたが、間違いなく、彼女の声だったといっています」

「今日は、何か変った動きは、見せなかったかね？　車で、東京駅に行ったとか、大原鉄鋼の本社を訪ねたとかいうことは」

「ありません。今日は、一日家にいました」

「そうか」

「引き続いて、監視します」

と、日下は、いった。

次に、連絡して来たのは、午後七時だった。

「まだ、彼女は、自宅マンションです」

と、日下は、いった。

「おかしいな。本当に、動かないのか？」

「動きません。さっき、窓を開けて、外を見ていましたが、間違いなく、小田あかりでした」

「わかった。私と亀井君は、これから、一九時一七分発の『ひかり』に乗る。何か、緊急な事態になったら、列車の私たちを、呼び出してくれ。名古屋まで、この列車に乗っていくからね」

と、十津川は、いった。

十津川と、亀井は、急いで、新幹線ホームに入り、一九時一七分発の「ひかり」に、乗った。

小田あかりは、どうする気なのだろうか？

5

座席に腰を下しても、十津川は、まだ、落ち着けなかった。

「小田あかりは、まだ、動きませんか？」

と、亀井が、聞いた。

「そうなんだ。悠々《ゆうゆう》としているらしい。日下刑事や、田中刑事が、欺《だま》されているとは思えないんだがね」

「あの二人なら、大丈夫ですよ」

「しかしねえ。もう、原口は、『はやぶさ』に乗ってしまっているんだ。小田あかりが、誘い出したのなら、もう動き出していなければ、おかしいよ」

「なぜ、金で解決しなかったんでしょうか？」

「金って、何のことだい？」

「男と女の問題でも、最後は、金で解決するより仕方がないと思うのですよ。原口は、金には困っていなかったと思いますから、なぜ、小田あかりに、まとまった金を渡して、清算しておかなかったんですかねえ。そうしておけば、今になって、殺人事件なんか、起きなかったろうと、思いますが」

「原口部長は、金持ちの娘と結婚した。彼自身は、金持ちじゃないんじゃないかね。あの若さで、大原鉄鋼の部長になれたのも、奥さんのおかげだろう。そんな奥さんに、自分の浮気の清算の金を、出してくれとは、いえなかったと思うよ」

「それは、あるかも知れませんね」

「しかし、どうも、それだけじゃないような気もして来ているんだよ」

と、十津川は、いった。

「と、いいますと？」

亀井が、じっと、十津川を見た。

「単なる男女間の愛情のもつれで、こんなに、何人も、殺されるだろうかという疑問がある。すでに、四人の男女が、殺されてるんだ」

「なるほど」

「もう一つは、ブルートレイン『はやぶさ』のロビー・カーで起きた事件のことだよ。あの事件の説明が、うまくつかない」

「警部は、今でも、古賀というカメラマンが犯人とは、考えておられないんですね？」

「不自然すぎるよ」

「しかし、小田あかりは、古賀が、自分に飲ませたと、いい続けていますね」

「そこも、わからないんだよ。古賀が、犯人だとしたら、動機が、わからない。小田あかりは、美人で、魅力もあるから、振られた腹いせにということが考えられるが、過去に、二人の間に、何かがあったという証拠は、見つからないからね」

「古賀が、犯人でないとすると、どういうことになりますか？」

「そうすると、やはり、浮んで来るのは、原口部長だがね。彼は、アメリカにいた筈《はず》だし、男女関係では、原口の方が、加害者のわけだよ。加害者が、なぜ、彼女を、殺そうとしたのか、その理由が、わからないんだ」

「そうですね。小田あかりは、故郷の久留米へ帰ろうとしていたわけですから、普通なら、放っておくでしょうね」

「だから、原口部長と、小田あかりの間には、単なる男女関係以上のものがあったのではないかとも、思っているんだがね。ただ、それが何なのかは、わからないんだが」

十津川は、難しい顔になっていた。

名古屋に着いたのは、定刻の二一時二三分である。

その間、日下刑事から、連絡は、入らなかった。

十津川は、ホームに降りると、すぐ、東京に、電話をかけた。

「日下と田中刑事から、何か連絡が入らなかったかね？」

と、十津川が、聞くと、捜査本部にいた刑事が、

「ありません」

「すぐ、連絡してみてくれ。小田あかりに動きがないのならいいが、何かあったのに、連絡がないのなら、問題だからね。五分したら、また、かける」

と、十津川は、いった。

十津川と、亀井は、東海道本線のホームに廻《まわ》った。

二一時三七分発のブルートレイン「はやぶさ」は、まだ、姿を見せていなかった。

十津川は、このホームから、もう一度、東京の捜査本部に、電話を入れた。

「どうだったね？　小田あかりの動きは、わかったかね？」

十津川が、聞くと、

「日下刑事がつかまりません」

という、あわてた声が、はね返って来た。

「どういうことなんだ？」

「車の無線電話で、呼び出しているんですが、応答がないんです。それで今、日下刑事と、田中刑事の乗っている車を探しているんですが」

「小田あかりは、どうなっている？」

「彼女が、突然、動き出したので、二人も、彼女を、追いかけているんだと思いますが」

「警部。間もなく、『はやぶさ』が、来ます」

と、横から、亀井が、声をかけた。

十津川は、改めて、これから、「はやぶさ」に乗り込むことを告げてから、電話を切った。

「はやぶさ」の前照灯が、ゆっくり近づいて来るのが、見えた。

「どうやら、小田あかりが、動き出したらしいよ」

と、十津川は、小声で、亀井に、いった。

「問題は、何時頃に、動き出したかということですね」

亀井が、いった時、ブルートレイン「はやぶさ」は、青く、長い車両を、ホームに、滑り込ませて来た。

問題のロビー・カーも、連結されている。

十津川と、亀井は、一番うしろの客車に、乗り込んだ。

二分停車で、「はやぶさ」は、出発した。

十津川は、すぐ、車掌長に会い、警察手帳を示して、協力を頼んだ。

「何か起きるかどうか、私にも、わからないのです。何もなければ、一番いいのですが、もし、起きた時には、協力を、お願いします」

と、十津川は、いった。

第六章　不　覚

1

窓の外に、しばらくの間、名古屋の街《まち》の明りが続いた。

それが、少しずつ、消えて、暗闇《くらやみ》になってくる。

「ロビー・カーに、行ってみますか？」

と、亀井が、小声で、いった。

「そうだね。行ってみよう」

十津川も、同意した。

罠《わな》を張るのもいいが、これ以上、事件を起こさせないことも、必要だった。

それに、小田あかりは、まだ、この列車に乗っていない筈《はず》である。十津川と亀井は、新幹線で、「はやぶさ」を追いかけた。もう、飛行機は、飛んでいないから、新幹線より速い乗りものはない。小田あかりは、新幹線には乗っていなかったから、当然、この「はやぶさ」には、乗れないのだ。

二人は、9号車「ロビー・カー」まで、通路を歩いて行った。

まだ時間が早いせいか、眠っている乗客は少く、寝台に腰を下して、週刊誌を読んでいたり、通路で、お喋《しゃべ》りをしたりしている。

問題のロビー・カーにも、五、六人の乗客がいた。

十津川たちが入って行くと、その中の二人が、立ち上って、近寄って来た。

西本と清水の二人だった。

「原口部長は、6号車です」

と、西本が、いった。

「彼は、一人かね？」

「ええ。一人です」

「このロビー・カーへ来たことは、あるのかね？」

「いいえ。まだ、姿を見せていません。隣の食堂車には、東京で乗ってすぐ行っています」

「食事をしたのか？」

「ビールを飲んで、サンドイッチを食べていました」

「それでも、ロビー・カーには、行かなかったのか？」

「ええ。てっきり、隣のロビー・カーに行くと思っていたんですが、そのまま、自分の席に戻ってしまいましたよ」

「そうか」

「あのまま、九州まで行くつもりですかね」

「いや。この列車で、秘かに会うつもりだと思うね。それでなければ、わざわざ、『はやぶさ』に、乗ったりはしないだろう」

「すると、相手は、やはり、小田あかりですか？」

「恐らくね。小田あかりは、この『はやぶさ』のロビー・カーで、死にかけたんだ。それを考えると、小田あかりが、どうしても、浮びあがってくるんだ」

「しかし、彼女は、この列車に乗っていないんでしょう？」

清水が、聞いた。

「私とカメさんが、新幹線に乗って、この列車を追いかけた時、彼女は、まだ、自宅マンションにいた筈《はず》だ。だから、名古屋から、この『はやぶさ』に、乗ったとは考えられないんだ。しかし、そのあとの新幹線に乗れば、大阪で、追いつける。だから、まだ、彼女が、この列車に乗ってくる可能性はあるんだ」

と、十津川は、いった。

「京都でも、追いつけます」

亀井が、いい添えた。

十津川は、コートのポケットから、丸めた時刻表を取り出した。

「私とカメさんは、一九時一七分東京発の『ひかり391号』で、この『はやぶさ』を追いかけた。そして、名古屋で、追いついた。名古屋で、追いついて、『はやぶさ』に乗り込むには、私たちの乗った『ひかり391号』で、追いかける以外にない。そのあとの新幹線では、間に合わない。だが、その先の京都、大阪で、追いつけばいいのなら、一九時一七分発の『ひかり』のあとの、列車でも大丈夫なんだ。一九時三〇分発でも、二〇時〇〇分発でも、追いつける。いや、京都でなく、大阪で、乗り込む気なら、二〇時三〇分発の『ひかり313号』でも、いいんだ。だから、まだ、小田あかりが、この列車に乗ってくる可能性は、残っていることになる」

「本当に、彼女は、乗って来ますかね？」

「多分ね」

「しかし、何のために、乗って来るんですか？」

「原口を恨んでいるとすれば、彼を殺すためだろうね」

「しかし、原口が、そうとわかっていて、のこのこ、この列車に乗ったとも、思えないんですが」

西本が、首をかしげた。

京都に着いた。

二三時二八分、ここは、一分停車である。

出入口から、首を突き出して、ホームを眺めたが、小田あかりの姿は、見えなかった。

もっとも、ホームは長いから、完全に、いなかったとは、いい切れない。

何事も起きない。

相変らず、原口は、ロビー・カーに、姿を見せなかった。

午前〇時〇二分、大阪着。

三分停車で、「はやぶさ」は、また、発車した。

次は、三の宮である。

ロビー・カーにいた他の乗客は、みな、自分のベッドに戻ってしまい、残ったのは、十津川たちだけである。

「ちょっと、6号車へ行って、原口を見て来ます」

と、亀井が、いった時、6号車の方から、男の乗客が、ふらっと、ロビー・カーに、入って来た。

（原口――）

と、十津川が思った時、相手は、一瞬、ロビー・カーの中を見廻《みまわ》してから、助けを求めるように、両手を差し出した。

「原口さん」

と、十津川が、声をかけた。

とたんに、原口の身体が、その場に、崩れ落ちていった。

2

「原口さん！」

十津川は、大声で、呼んだ。

しかし、倒れたまま、原口の身体は、動かない。

十津川の顔が、険しくなった。

「すぐ、車掌を呼んでくれ」

と、若い西本にいってから、亀井と二人で、原口を抱き起こした。

顔が、土気色になって、唇が、ふるえている。

「毒を飲んでいるようですね」

亀井が、いった。

「とにかく、吐かせよう」

と、十津川は、いい、二人で、洗面所へ引きずっていった。

原口の口の中に、指を突っ込んで、無理に吐かせた。

原口は、苦しげに、げい、げい吐き続けた。

車掌長が、飛んで来た。

「次は、三の宮でしたね？」

と、十津川は、確かめた。

「そうです。あと、二十分足らずですが」

「すぐ連絡をとって、医者を待機させておいてくれませんか。救急車もです」

「その人、助かるんですか？」

「わかりませんね。とにかく、吐かせるより仕方がない」

十津川と、亀井は、原口に、水を飲ませては、吐かせた。

車掌長は連絡に戻って行くと、十津川は、西本と、清水の二人に向って、

「原口は、ロビー・カーより手前の車両で、毒を飲まされたと思う。8号車から1号車までの間だ。その八両を調べて、もし、小田あかりがいたら、逮捕しろ」

と、命じた。

二人は、すぐ、ロビー・カーを、出ていった。

「もう乗客は、寝ているでしょうから、ちょっとした騒ぎになりますよ」

と、亀井が、いった。

「構わんさ。これは、事件なんだ」

と、十津川は、いった。
十五、六分して、西本と清水の両刑事が、戻ってきた。
「小田あかりは、いませんでした」

と、西本が、いった。

「本当か？」

「ええ、寝台をのぞき込んで、調べてみたんですが、1号車から、8号車まで、どこにも小田あかりは、いませんでした」

「そうか」

とだけ、十津川は、いった。

〇時二九分。「はやぶさ」は、三の宮に着いた。

車掌長が、連絡しておいてくれたので、ホームには、医者と看護婦が、待機してくれていた。

十津川と亀井は、原口の身体を抱いて列車から降り、ホームの駅事務所で、医者に、診《み》て貰《もら》った。

医者は、注射をうち、酸素《さんそ》吸入をさせながら、駅の外に待機している救急車まで、運ぶことを、指示した。

救急隊員が、担架を持って、来てくれたので、原口を、それに、乗せた。

十津川は、一緒に歩きながら、医者に、

「どんな具合ですか？」

と、聞いた。

「助かりますか？」

と、亀井も、聞いた。

医者は、担架に横たわっている原口の顔をのぞき込むようにして、歩きながら、

「わかりませんね。多分、死ぬことはないと思いますが」

「だいぶ、吐かせたんですが――」

「問題は、どの程度の毒物を飲んだかということですが」

と、医者は、いった。

駅の外に、救急車が、待っていた。

医者は、救急隊員と一緒に、乗り込んだ。

十津川は、病院の名前と、場所を聞いてから、救急車を見送った。

四人の刑事は、深夜の三の宮駅に残った。

十津川は、三人を、近くのスナックに誘った。

緊張が解けると、腹がへってきた。

四人は、ラーメンを注文した。

「飲まされたのは、農薬ですかね？」

亀井は、お茶を飲んでから、十津川に、聞いた。

「小田あかりが飲まされたのが、農薬だったね？」

「そうです」

「それなら、農薬の可能性が高いな。あれは、少くとも、青酸《せいさん》じゃない」

と、十津川は、いった。

青酸特有の甘い匂《にお》いはしていなかった。

「しかし、小田あかりは、『はやぶさ』に、乗っていませんでしたが」

西本が、首をかしげて、十津川を見た。

「本当に、乗っていなかったのかね？」

「間違いありません。私と、清水刑事で、徹底的に調べましたが、彼女は、乗っていませんでした」

「警部」

と、亀井が、口を挟《はさ》んだ。

「何だい？　カメさん」

「大阪には、『はやぶさ』は、三分間停車しました。三分間あれば、かなりのことが出来ます。小田あかりは、大阪駅で、『はやぶさ』が、着くのを待っていた。原口が何号車に乗っているのか知っていれば、その位置で待っていればいいんです」

「つまり、三分停車の間に、原口に毒を飲ませておいて、彼女は、大阪駅で、降りてしまったというわけか？」

「そうです。だから、大阪を出てからの『はやぶさ』に、彼女は、乗っていなかったんですよ」

「原口は、なぜ、ロビー・カーへ来て、倒れたんでしょうか？」

清水が、聞いた。

「飲まされてから、当然、胸が苦しくなってくる。だが、もう、他の乗客は、寝てしまっている。そこで、原口は、助けを求めに、通路に出たんだろう。ロビー・カーに行けば、誰かいるかもしれないと思ったんじゃないかね。あるいは、車掌を探していて、ロビー・カーにやって来たのかも知れないな」

「原口が、助かれば、何もかも、わかると思いますね」

と、亀井が、いった。

四人は、運ばれて来たラーメンを、食べ始めた。

その途中で、十津川は、店内にある公衆電話を使って、原口が運ばれた病院に、かけてみた。

原口の様子を、聞くためだった。

「もう大丈夫です」

と、病院の事務員が、明るい声でいった。

「そりゃあ、良かったですね」

十津川も、ほっとした。「はやぶさ」には、四人も刑事が乗っていたのである。その中で、肝心《かんじん》の原口部長が、毒殺されでもしたら、どうしようもない。

「様子を見るために、二、三日、入院して頂かなければならないと思いますが、大丈夫です」

事務員は、大丈夫を、繰り返した。

「患者とは、話が出来ますか？」

「今は無理ですが、明日になれば、話せるようになると、思います」

「それでは、明日の朝、いや、もう、今日ですが、明るくなったら、そちらへ伺います」

と、十津川は、いった。

十津川たちは、スナックを出ると、三の宮警察署へ行き、事情を話し、病院へ同行してくれるように、頼んだ。事件は、こちらの警察の所管だったからである。署内で、仮眠を、とらせて、貰《もら》った。

夜が明けてから、西本と清水の二人を先に東京に帰し、十津川は、亀井と二人だけで、三の宮署の刑事と一緒に、原口の入院した市立病院に出かけた。

病院に着いたのは、午前十時近くである。

医者の許可を得てから、原口のいる三階の病室へあがって行った。

原口は、ベッドの上に、起き上って、十津川たちを迎えた。

顔色は、良くなっているが、飲んだ毒薬のため、喉《のど》が痛くて、声が出ないという。

それで、原口は、返事を紙に書くことになった。

「何があったのか、教えて下さい」

と、十津川は、いった。

それに対して、原口が、手帳に、ボール・ペンで、返事を書いた。

「私ニモ、何ガアッタノカ、ハッキリシナイ。突然、胸ガ苦シクナッタノデ、車掌ヲ探シテ、ロビー・カーマデ行ッテ、倒レテシマッタ」

「その直前に、何か飲みましたか？」

「覚エテイナイ」

「よく考えて下さい。何か、飲んだ筈《はず》ですよ」

「思イダシタ。オ茶ヲ飲ンダ」

「お茶？　よく、駅弁と一緒に買ったりするお茶ですか？」

「ソウダ。前カラ買ッテ、残ッテイタモノヲ飲ンダ」

「それは、どこへ置いておいたんですか？」

「寝台ノ下ニ置イテオイタ」

「あなたは、寝台で寝ていたんですか？」

「ウトウトシテイタ」

「6号車の下段の席でしたね？」

「ソウダ」

「なぜ、ブルートレインの『はやぶさ』に、乗ったんですか？」

と、十津川は、聞いた。

3

「何トナク乗リタクナッタカラダ」

「信じられませんね。小田あかりに、乗るように、いわれたんじゃありませんか？」

「イヤ、私ガ乗リタカッタカラダ。彼女ノコトナド知ラン」

「小田あかりのことを話してくれませんか。彼女とは、現在、どんな関係なんですか？　彼女は、あなたのことを、憎んでいるんじゃないんですか？」

「ソノ件ニツイテモ、話シタクナイ」

「しかし、原口さん。あなたの周辺で、続けて、人が殺されているんです。話したくないじゃ、すまんのですよ。小田あかりに誘われて、『はやぶさ』に、乗ったんでしょう？　毒を飲まされたのも、彼女にじゃないんですか？」

十津川は、念を押した。が、原口は、疲れた顔で、

「知ラン。疲レタ」

と、書いて、ボール・ペンを、放り出してしまった。

医者も、首を横に振って、十津川に、

「またにしてくれませんか」

と、いった。

十津川と亀井は、病室を出た。

「原口は、嘘《うそ》をついていますね」

亀井は、いまいましげに、いった。

二人は病院を出ると、三の宮署の刑事と別れ、近くにあった喫茶店に入った。

十津川は、コーヒーを頼んでから、

「原口は、間違いなく、小田あかりに誘われて、ブルートレイン『はやぶさ』に、乗ったんだ。それに、毒を飲ませたのも、彼女に、決っている」

「原口は、よほど、弱いところを、彼女に握られているんですね」

「そう思うね。こうなってくると、原口と小田あかりの間には、単なる男女関係以上のものがあったのかも知れないね」

十津川は、考える顔でいい、運ばれて来たコーヒーを、ブラックで、口に運んだ。最近、どうも、太り気味である。

「そうですね。ただ単に、原口が、肉体関係のあった秘書の小田あかりを裏切ったというのなら、殺人事件にまで発展したり、危険を承知で、原口が、たった一人で、あの列車に乗るというのは、考えられませんね」

「二人の間に男女関係があったとは思うが、それ以外にも、何かあったんだろう。それを、バクロされるのが怖《こわ》くて、原口は、一人で、『はやぶさ』に、乗ったんだと、私も、思うよ」

「しかし、原口は、用心していたと思います。それなのに、なぜ、簡単に、毒を飲まされてしまったんですかね？」

「それは、原口もいっていたように、自分の買ったお茶だと思って、安心して、飲んだせいだと思うよ。小田あかりは、多分、大阪で、待っていたんだろうね。『はやぶさ』の大阪停車時間は、三分間だ。彼女は、原口が、何号車のどの寝台にいるか、知っていたと思う。前もって、農薬を入れておいたお茶とすりかえる時間は十分にあったと思うね。そうしてから、彼女は、発車間際に、大阪駅に、降りてしまったんだ」

「しかし、もし、原口が、お茶を買ってなかったら、彼女は、どうするつもりだったんでしょう?」

「彼女と、原口は、親しかった。これは間違いない。とすると、原口の性癖も、よく知っていたと思うよ。例えば、列車で、旅行に出るときは、必ず、駅弁と、お茶を買うといった性癖をね。これなら、前もって、駅で売っているお茶に、農薬を入れて、用意しておくことは、可能だと思うね」

「なるほど」

「とにかく、原口が死ななくて良かったよ。死んでいたら、われわれが、非難を浴びるに決っているからね。原口が狙《ねら》われていることは、わかっていたんだ」

「小田あかりを、逮捕しますか?」

「昨夜、何をしたか、まず、聞いてみようじゃないか」

と、十津川は、いった。

4

東京に戻った十津川と亀井は、小田あかりのマンションを訪ねた。

彼女は、さすがに、疲れた顔をしていた。

新幹線で、ブルートレイン『はやぶさ』を追いかけ、大阪で、毒入りのお茶をすりかえて、帰ってきたのだから、当然だろう。

十津川は、そう思って、あかりを見た。

「原口部長が農薬を飲んで、三の宮の病院に担《かつ》ぎ込まれたことは、知っていますね？」

と、十津川は、まず、聞いた。

あかりは、二人にお茶を入れながら、

「ええ。テレビのニュースで、やっていましたわ」

と、いった。

「ブルートレイン『はやぶさ』が、大阪を出てすぐ、原口部長は、倒れたんです。われわれが、丁度《ちょうど》、同じ列車に乗っていて、ロビー・カーで、彼が倒れるのに、ぶつかったんです」

「そうですの」

「あなたが、やったんですね？」

十津川は、ずばりといって、じっと、あかりの顔を見た。

彼女は一瞬、えっという顔になったが、落ち着いた態度で、二人の前に、お茶を出すと、

「私は、そんなことはしませんわ」

「しかし、新幹線で、『はやぶさ』を追いかけたことは、わかっているんだよ」

亀井が、睨《にら》んだ。

「刑事が、あなたのあとをつけていたんです。最後は、見失ったが、東京駅で、新幹線に乗るのは、見ているんです」

と、十津川が、いった。

どう返事するだろうかと、十津川も、亀井も、あかりを見守った。

「ええ。新幹線に乗りましたわ」

意外に、あっさりと、あかりは、認めた。

「それは、ブルートレイン『はやぶさ』を、追いかけるためですね」

と、続けて、十津川が、聞く。

「ええ、そうですわ」

「なぜ、追いかけたんです？」

「もちろん、原口部長に、会うためですわ」

「じゃあ、やっぱり、原口部長を、誘い出したのは、あなたなんですね？」

「いいえ」

「違う？　おかしいじゃないか」

亀井が、じろりと、あかりを睨んだ。

「どこが、おかしいんですか？」

あかりは、平気で、亀井を見返した。

「まさか、原口部長が、『はやぶさ』に乗っているのを、超能力で知って、追いかけたなんていうんじゃないだろうね？」

亀井が、皮肉をいうと、あかりは、クスッと、笑った。

「違いますわ。原口さんから、電話があったんです」

「彼の方から？」

「ええ、『はやぶさ』に乗るから、どこからでもいいから、乗って来い。話したいことがあるって、ですわ」

「それなら、なぜ、君は、東京駅から乗らなかったんだね？」

亀井が聞く。

「乗ろうかと、思いましたわ。でも、あなた方、警察は、ずっと、私を疑っていらっしゃったんでしょう？　だから、行こうか行くまいか、ずっと、迷っていたんですわ。やっと、決心がついた時は、『はやぶさ』が、もう、東京駅を出たあとだったんです。それで、新幹線で、追いかけることにしたんですわ」

「大阪で、追いついた？」

「ええ。そういいましたでしょう？」

「大阪に、『はやぶさ』は、三分間停車する。その間に、君は『はやぶさ』に乗り込み、原口部長のお茶と、農薬入りのお茶をすりかえて、ホームに降りてしまった。そうなんだろう？」

亀井が、きめつけるようにいうと、なぜか、あかりは、クスッと笑った。

亀井が、眉《まゆ》をひそめて、

「何がおかしいんだ？」

「そりゃあ、笑うのが、当然でしょう。私はそんなことは、しませんわ」

「嘘《うそ》をつくな！」

と、亀井が怒鳴るのを、十津川は、「まあ、カメさん」と、手で制して、

「原口部長に、毒を盛ったのが、あなたでないとすると、誰が、そんな真似《まね》をしたんでしょうね？」

と、あかりに、聞いた。

「それは、知りませんわ。あの部長さんは、敵の多かった人ですから、その一人が、毒を飲ませたんじゃありませんの」

「じゃあ、あなたは、大阪まで行って、どうしたんですか？」

「おかしなものですわね」

あかりは、急に、溜息《ためいき》をついた。

「何がですか？」

「もうわかっていらっしゃると思いますけど、私は部長さんを愛していたんです。会社を辞《や》めたのも、それが原因でしたわ。彼のことを諦《あきら》めていたんですけど、もう一度、会いたいといわれると、新幹線で、彼の乗った『はやぶさ』を、追いかけたりして。未練なんですよね。そのくせ、大阪に着いて、『はやぶさ』が来るのを待っている間に、また、気持が、変ってしまったんですわ。どうせ、部長さんは、奥さんと別れられない。そう思ったら、彼に会うのが怖《こわ》くなって、結局、『はやぶさ』に乗らずに、東京に帰って来たんです」

「じゃあ、あなたは、原口部長を、憎んでいないというんですか？」

「ええ。憎んだって、仕方がないじゃありませんか。男と女の仲なんですもの」

「それなら、なぜ、棚橋課長が殺されたり、部長の運転手が、射殺されたり、したんですかね？」

「知りませんわ。私とは、関係のないことですもの」

「しかし、あなたが、前に、『はやぶさ』のロビー・カーで、死にかけたのは、無関係じゃないでしょう？」

「あれは、古賀というカメラマンの人が、面白半分に、私に、農薬入りのビールを飲ませたんですわ。だから、相手は、誰でも、良かったんだと思いますわ。たまたま、私が、あの時、ロビー・カーにいたので、狙《ねら》われたんだと、思っていますけど」

「じゃあ、原口部長との間には、昔の思い出しかないというんですか？」

「苦い思い出ですけど、でも、時間がたてば、それも、楽しい思い出になってくれると、思っていますわ」

あかりは、ちょっと、肩をすくめた。

5

亀井は、マンションを出ると、顔をしかめて、

「あの女、一筋縄《ひとすじなわ》じゃいきませんね」

「だが、彼女が、嘘《うそ》をついているという証拠はないんだ」

と、十津川は、いった。

「しかし、嘘をついていますよ。彼女は、大阪で、『はやぶさ』に追いつき、原口に、農薬入りのお茶を飲ませたんです。方法は警部が考えられた通りのことだと思います」

「彼女は、『はやぶさ』を追いかけて、新幹線に乗ったことは認めているんだよ」

「だから、余計、しぶといというんです。あるところまでは、正直にいうが、肝心《かんじん》の

ところでは、嘘をつく。悪党のやり方ですよ」

「とうとう、小田あかりは、悪党になったか」

「きれいな悪党ですがね」

「証拠が欲しいねえ」

と、十津川は、いった。

「そういえば、今度のことでは、被害者の筈《はず》の原口部長も、小田あかりにやられたとは、いいませんでしたね」

「だから、向うからの証言も、期待できないよ」

「どうなってるんですかねえ、今度の事件の関係者たちは」

亀井は、舌打ちした。

「カメさんのいうように、小田あかりと原口部長の間には、男女の関係以外に、何かあるんだろう。お互いに、公《おおやけ》に出来ないようなことがね。だから、二人とも、はっきりしたことを、いわないいんだ」

と、十津川は、いった。

二人は、捜査本部に、戻った。

十津川は、三の宮病院に、電話をかけてみた。

原口部長のことを聞くと、一時間ほど前に、退院したということだった。

「退院して、大丈夫なんですか？」

と、十津川は聞いた。

「今日一日、様子を見た方がいいと、いったんですが、もう大丈夫だ、仕事のこともあるからといって、退院して行かれたんです」

と、病院側は、いった。

十津川は、電話を切った。

「いやに、急いでいますね」

亀井が、首をかしげた。

「仕事のことがあるからと、いっていたそうだよ」

「信じられませんね。それほど、仕事が詰っているのなら、なぜ、のこのこ、ブルートレイン『はやぶさ』に、乗ったりしたんですかね。原口部長は、小田あかりとのごたごたがあったので、体《てい》よく、アメリカにやられていたわけでしょう。棚橋課長が、死んだんで、日本へ帰って来たが、東京で、重要な仕事を委《まか》されていたとは、思えませんね」

「すると、あわてて、退院した理由は、何だろう？」

「やはり、小田あかりのことだと思いますね」

「なるほどね」

「原口は、小田あかりに、農薬入りのお茶を飲まされて、危うく、死にかけました。それで、今度は、彼女を殺そうと思っているんじゃないでしょうか？　最初の事件も、ひょっとすると、古賀というカメラマンが犯人ではなくて、犯人は、原口かも知れません」

「しかし、カメさん、あの頃、原口は、アメリカにいたんだよ」

「本当に、アメリカにいたんでしょうか？」

「カメさんは、ひそかに、原口が、日本に戻っていたというのかね？」

「あり得ることだと思いますよ。原口は、小田あかりが、『はやぶさ』で帰郷する日を知っていたから、それに合わせて、ひそかに、日本に帰って来て、この列車に乗り込むことは可能だった筈《はず》ですよ」

「そして、原口が、小田あかりに、農薬入りのドリンクを飲ませたか？」

「そうです」

「しかし、小田あかりは、ロビー・カーで会った古賀が、缶ビールに入れて、飲ませたといっている。もし、原口が犯人なら、なぜ、そういわなかったんだろう？」

「そこは、わかりませんが、警部だって、古賀というカメラマンが、犯人とは、思っておられないんでしょう？」

「そうなんだが、犯人が、原口というのは、ちょっと、信じられないんだが」

「私に、調べさせてくれませんか」

「原口が、ひそかに、日本に帰って来ていたかどうかをかね？」

「そうです」

「いいだろう、調べてみたまえ。もし、カメさんの推理が当っていたら、事件の解決に、一歩、前進するからね」

と、十津川は、いった。

亀井は、すぐ、西本刑事を連れて、捜査本部を、飛び出して行った。

第七章　パスポート

1

亀井たちが、戻って来るまでの間、十津川は、自分で持って来たコーヒーをいれ、それを飲みながら、ここまでの一連の事件を振り返ってみた。

端緒は、下りのブルートレイン「はやぶさ」のロビー・カーの中で、小田あかりが、農薬パラコートを飲んで倒れたことである。

もちろん、その前に、大原鉄鋼の原口企画部長と、その秘書だった彼女との関係があるだろうが、それは、まだ、はっきりしていない。

第一の事件の容疑者として、古賀というカメラマンが、殺人未遂で逮捕された。ロビー・カーには、小田あかりと、古賀の二人しかいなかったようだから、彼女の証言が、絶対なものになってしまっている。

十津川は、古賀が、犯人とは、思っていない。

古賀は、仕事で、「はやぶさ」に、乗っていたのである。それに、小田あかりとの間に、特別な関係があったという話は、聞けなかった。そんな女に、果して、農薬入りの缶ビールを飲ませるものだろうか？

古賀は、そんな性格でも、境遇でもなかった。

ただ、わからないのは、小田あかりの態度である。古賀が犯人でないとすると、彼女は、なぜ、彼が犯人だと、主張し続けているのだろうか？

わからないことは、それに続く事件についても、いうことが、できる。

東京駅近くの喫茶店で、棚橋課長が、毒殺された事件は、納得ができる。

第一の事件と同じく、農薬のパラコートが利用されているからである。

わからないのは、銀座で、原口の運転手が射殺された事件である。

突然、拳銃《けんじゅう》が、出てきた。前の二件と、全く、犯行の手順が違ってしまっている。

同一犯人としたら、なぜ、急に、手順を変えたのだろうか？

次の事件も、十津川は、首をひねってしまう。

問題の拳銃を所持していた男と、その恋人が殺された事件では、二人とも、絞殺されていた。

毒殺―射殺―絞殺と、手順が、違っている。

（まるで、殺人方法のオンパレードだな）

と、十津川は、思う。

普通、同一犯人の場合、どこか、方法は、似ているところがある。それが、今度の一連の事件では、違っている。

おまけに、また、農薬のパラコートに戻った。

犯人が、違うのだろうか？

それに、犯人の目的は、何なのだろう？　普通に考えれば、復讐《ふくしゅう》である。

不倫の恋があり、捨てられた小田あかりが、相手の原口を殺そうとして、一連の事件を起こしていると、考えるのが、常識的なところである。

しかし、それにしては、すでに、四人もの人間が殺されてしまっている。

そして、肝心《かんじん》の原口は、死んでいないのだ。

（どうも、わからんな）

十津川は、眉《まゆ》を寄せて、考え込んでしまった。

普通の殺人事件の場合は、うまく、整理がつくのだ。

一見したところ、どんなに複雑に見える事件でも、ある視点をとると、簡単に説明がついてしまうものである。

それが、今度の事件には、まだ、見つからない。一見、単純そうに見えるのに、上手《うま》く説明がつかないのだ。

こちらの見方が、間違っているのか、それとも、見方は、正しいのだが、犯人の作った壁に遮《さえぎ》られてしまっているのか。

まだ、十津川自身にも、わかっていないのだ。

亀井たちが、捜査本部に帰って来たのは、夜になってからだった。

2

「入管で、調べて来ました」

と、亀井は、あまり元気のない顔で、十津川に、いった。

「その様子だと、問題の日に、原口は、帰国してなかったんだね？」

「そうなんです。小田あかりが、ロビー・カーで倒れた日の前後の出入国者を、調べて貰《もら》いました。原口が、もし、あの日、ブルートレインの『はやぶさ』に乗っていたとすれば、その前後に入出国している筈《はず》です。それを調べて貰ったんですが、原口の名前は、ありませんでした」

「他人のパスポートを使って、帰国したのかも知れないな。同じくらいの年齢で、顔の似た男のパスポートを使えば、不可能じゃないだろう。原口は、特別にマークされた人間じゃないし、一般に、顔が知られているわけでもない」

「そうなんです。原口の名前は、ありませんでしたが、彼が、あの日に、日本に帰っていなかったという証拠には、ならないと思います」

「他人のパスポートを使ったとなると、調べるのが大変だね」

「使うとしたら、全く他人のものは、使えないと思います。彼の友人か、大原鉄鋼の人間のものを、借りたと思うのです。その線で、もう一度、調べてみたいと思っています」

と、亀井は、いった。

十津川と亀井は、念のために、東京に戻っている原口に、会いに行き、彼のパスポートを、見せて貰《もら》った。

予期した通り、問題の日の前後には、何の記入もなかった。

「いったい、何を疑っているのかね？」

と、原口は、十津川を、睨《にら》んだ。

「実は、十月二十三日に、あなたが、ひそかに、日本に帰って来ていたのではないかという話がありましてね。小田あかりさんが、ブルートレインの中で、農薬を飲まされた日です」

「私は、そんな事件のあったことさえ、知らなかったよ。アメリカにいたからね。これは調べて貰えばわかる」

「そうですね。パスポートにも、十月二十三日頃の入出国のスタンプがありません」

「当然だろう。私は、今度、棚橋君の葬儀に帰国するまで、ずっと、アメリカで、仕事をしていたんだからね」

「今度の事件のことで、もう一度、お聞きしたいんですがね」

十津川は、改まった口調で、原口を見た。

「だから、私は、アメリカにいたよ」

「そのことじゃありません。あなたが、今度、『はやぶさ』の中で、農薬を飲まされた事件のことです」

十津川が、いうと、原口は、わざとらしく、「ああ」と、肯《うなず》いて、

「まだ、私には、何があったのか、はっきりしないんだよ」

「つまり、誰に、毒を飲まされたかわからないというわけですか？」

「そうなんだ。私としては、警察に協力したいのだがね」

「本当に、わからないのですか？」

「当然だろう。まさか、売店で買ったお茶に、誰かが、毒を入れるなぞ、考えられないからね」

「では、なぜ、『はやぶさ』に、乗られたんですか？　たった一人で」

「私だって、一人で、ゆっくりと旅行したいことがあるよ。ブルートレインも、昔から好きだったからね」

「小田あかりに誘われたのではないということですね？」

「そうだよ。私は、自分で、あの列車に乗ってみようと思って、切符を買ったんだ」

「あなたは、企画部長でしたね？」

「ああ、そうだ」

「いろいろと、お忙しいのに、よく、ブルートレインで、九州へ行く暇がありましたね？」

十津川は、多少、意地の悪い聞き方をした。

「むしろ、忙しいからこそ、のんびりと、一人旅をしたくなるんじゃないかね」

原口は、平然としていい、微笑した。

「では、どうしても、誰に農薬を飲まされたか、わからんというわけですか？」

十津川は、念を押した。

原口は、肩をすくめて、

「わかっていれば、すぐ、警察にいうよ。アメリカでも、ドラッグ・ストアで、市販の薬に、青酸《せいさん》カリが入れられていて、大さわぎをしていたが、どこの国にも、こういうバカな人間は、いるんじゃないのかね。困ったものだ。警察も、ああいう無差別殺人というのは、犯人の確定に、困るんじゃないのかね？」

「本当に無差別ならです」

「どうやら、君は、私に毒を飲ませたのが、特定の人間だと、いいたいらしいね？」

今度は、原口の方が、十津川に、質問した。

「そう思っています」

「それが、小田あかりだというのかね？」

「そうです。前にもいいましたが、あの日、彼女は、あなたの乗った『はやぶさ』を新幹線で、追いかけています」

「なるほどね」

「ご存知なかったんですか？」

「全く知らなかったね。しかし、それは、偶然だろう。彼女の故郷は、久留米だから、急に、帰りたくなったんじゃないかね」

「しかし、彼女は、久留米には帰らなかったんです」

「確かめたのかね？」

「ええ。向うの警察に調べて貰《もら》いました」

「それなら、気が変ったんだろう。彼女は、前から、気まぐれなところがあったからね」

「小田あかりさんは、どんな女性ですか？　あなたの秘書をしていたんだから、よく、おわかりだと思いますが」

十津川が、聞くと、原口は、「うむ」と、小さく、唸《うな》ってから、

「美人で、頭のいい女性だね」

「大原鉄鋼を辞《や》めたのは、どうしてですか？」

「それは、彼女に、聞いた方が、いいんじゃないかね」

「上司だった原口さんから、お聞きしたいんですよ」

「正直にいって、私は、よくわからんのだ。急に、退職願を出したのでね。理由を聞いてみたが、いわないので、結婚でもするのだろうと、勝手に、解釈していたんだがね」

「あなたとの関係がこじれて、退職したという噂《うわさ》を聞いています。男女の関係が」

と、十津川が、いうと、原口は、ニヤッと笑って、

「そんな噂は、私も聞いているよ、みんな、スキャンダルが好きだからね。だが、残念ながら、違うんだ」

「これから、どうされるんですか？」

「これから？」

「また、アメリカへ行かれるんですか？」

「いや、しばらくは、日本で仕事をする。棚橋君も亡くなってしまったので、忙しくなるのでね」

と、原口は、いった。

3

捜査本部に戻った亀井は、明らかに、腹を立てていた。

「普通は、被害者に同情するものですがね。今度の件では、どうも、同情できませんね」

と、亀井は、十津川にいった。

「よほど、原口部長に、悪印象を持ったようだね」

十津川は、微笑した。

亀井は、ベテランの刑事だが、自分の感情に、正直な男でもある。そこが、彼のいいところだと、十津川は、思っていた。

「気に入らんですよ」

と、亀井は、いった。

「われわれに、非協力的だからかね？」

「第一、嘘《うそ》つきですよ」

「やはり、カメさんも、原口が、嘘をついていると思うかね？」

「三の宮の病院で会った時は、それほどとは思いませんでしたが、今日は、無性に腹が立ちましたよ。これは、完全に嘘ですよ。しかも、平気な顔で、嘘をついています。警察をバカにしているとしか思えませんよ」

「小田あかりは、本当のことを、いっていると思うかね？　彼女は、原口に電話で誘われて、『はやぶさ』を、追いかけたといっていたんだが」

「あれも、嘘じゃないですか。彼女も、したたかだと思いますね。私は、原口と小田あかりは、敵同士ではないかと思っています。それが、相手を誘い、また、誘われた方が、のこのこ、ついて行くというのは、奇妙ですよ」

「すると、小田あかりが、原口を毒殺しようとしたという見方かね？」

「他に、今度の事件は、考えようがありませんよ」

と、亀井は、いった。

だが、それを証明するのは、難しいと、十津川は、思った。

小田あかりが、それを自供することは、まず考えられないし、肝心《かんじん》の原口自身が、自分を殺そうとした人間の名前を、いおうとしないからである。

十月二十三日前後に、原口が、ひそかに、日本に出入国していたのではないかという調査は、その後も、続けられた。

この調査が始められて、三日目に、亀井が、眼を光らせて、捜査本部に戻って来た。

「ちょっと面白いことが、わかりました」

と、亀井は、十津川に、いった。

「どんなことだね？」

「原口の大学時代の友人に、堀内和夫《ほりうちかずお》という男がいます。頭の切れる男で、大学を出ると外務省に入り、現在、アメリカの日本大使館に勤務しています」

「なるほど」

「例のパスポートのことで、原口の友人に、当っているうちに、この男に、ぶつかったんです」

「十月二十三日前後に、日本に、戻っているのか？」

「彼は、十月二十二日から二十四日までの三日間、休暇をとって、あわただしく、日本に帰ったことになっています。ところが、彼は、帰国した時、世田谷の自宅にも寄っていないし、友人にも、会っていないのです」

「原口に、顔立ちが、似ているのかね？」

「これが、問題の堀内和夫です」

亀井は、三人の青年が並んでいる写真を、十津川に見せた。

「大学の卒業間際に撮《と》った写真ということです。まん中が、原口で、左端が、堀内です」

「確かに、似ているね。それに、背恰好《せかっこう》も、同じくらいだ」

「もう一つ、問題なのは、堀内が、外務省の職員で、アメリカの日本大使館の人間だということです」

「パスポートか」

「そうです。いわゆる外交官の旅券です」

「税関は、フリーパスだな」

「その通りです。税関では、ほとんど、検査もしないし、疑問も持たずに、通します。もし、十月の二十二日に、原口が、堀内のパスポートを使って、日本に帰ったとしても、税関で怪しまれることは、まず、なかったと思います」

「そして、ブルートレインの『はやぶさ』に乗って、小田あかりに、毒を飲ませたか？」

「ええ」

「しかし、もし、そうだとすると、彼女は、なぜ、原口に飲まされたといわないんだろう？」

4

「同じことが、原口についても、いえますよ」

と、亀井が、いった。

「パラコート入りのお茶のことかね？」

「そうです。あれは、どう考えても、小田あかりの仕業《しわざ》です。原口にも、それは、わかっている筈《はず》なのに、誰が入れたか、わからないと、いっています」

「お互いに、かばっているみたいだな」

十津川は、苦笑した。

「それが、奇妙なんですよ。いまだに、お互いが好きというのなら、わかりますが、パラコートで、殺そうとしたわけですからね。二人の関係は、もう冷え切っていると見るべきだと思います。それなのに、なぜ、お互いを、かばい合うんですかねえ。それが、わからないんです」

「なぜかな？」

「憎み合いながら、変なところで、利害が一致しているのかも知れませんね」

「その変なところというのが何なのか、ぜひ、知りたいね。それが、今度の一連の事件の核心かもわからないよ」

「何とか、調べてみます」

と、亀井は、いった。

亀井は、西本刑事と一緒に出かけて行った。

十津川は、大原鉄鋼という会社について、調べてみることにした。

友人の新聞記者に会って話を聞いたり、鉄鋼連盟の幹事に、大原鉄鋼の現状を話して貰《もら》ったりした。

今、鉄は、不況である。

大手の鉄鋼会社は、軒並み、操短と、人員整理に追われているという。

大原鉄鋼でも、同じ状況に追い込まれている筈である。

ただ、他の鉄鋼メーカーと違うのは、組織が、近代化されておらず、同族組織の弱みを持っていることである。

大原鉄鋼にも、組合はあるが、完全な御用組合である。そのため、大原鉄鋼でも、大量の人員整理が行われたが、組合は、反対しなかった。

強引すぎる首切りを、批判されたことがあったが、そのおかげで、大原鉄鋼は、生き延びることができたともいわれた。

問題は、そのあとである。

同族会社のため、優秀な人材まで、その社員が、外様《とざま》ということで、馘首《かくしゅ》してしまった。

その典型的な例が、重役会である。

不況を乗り切るために、何回か、重役会が開かれている。

重役の大半は、社長一族につながる人間だったが、何人か、外様の重役もいた。

彼等の中に、剛直な人間もいて、不況の時にも拘《かかわ》らず、交際費が、ずさんに使われていること、社長などの給料が高額過ぎることなどを批判したのだが、彼等は、さまざまな理由をつけて、追放されてしまった。

「つまり、今、あの会社に残っている重役は、社長の一族か、イエスマンの外様だけになってしまっています。これでは、新鮮な活力は、生れませんね。大原鉄鋼が、潰《つぶ》れるとすれば、そのせいだと思いますよ」

と、この業界にくわしい記者が、十津川に話してくれた。

亀井の報告も、そのことを、裏書きした。

「最近、あの会社では、三人の重役が、追放されています」

と、亀井は、十津川にいった。

「そうらしいね」

「その中の一人が、自殺しているのも、ご存知ですか？」

「自殺？　いや、それは、初耳だ」

「江坂伸夫《えさかのぶお》という男で、大原鉄鋼の経理部長だった人間です。年齢は、五十六歳でした。今年の夏、相模湖《さがみこ》で、投身自殺しています」

「それで？」

「その自殺について、今でも、疑問を持っている人間がいるんです」

「しかし、カメさん。たとえ、疑問があったとしても、今度の事件と無関係なら、仕方がないよ。何か、関係があるのかね？」

「わかりませんが、こういうことがあるんです。江坂の死体が、相模湖で発見されたのが、八月二十六日です。その前日の二十五日に、江坂は、家を出ているんですが、その時、一人娘に、原口さんに会いに行くといったというのです」

「原口というと、原口企画部長か？」

「娘さんも、そう思ったと、いっています。しかし、自殺ということになってから、原口部長は、そんな約束はなかったと、いっているそうです」

「なかなか、面白いね」

と、十津川は、いった。

「そうでしょう？　私も、引っかかるんです」

「自殺だという証拠はあるのかね？」

「神奈川県警でも、一応、疑問を持って、調べたようですが、その一週間前に、江坂は、大原鉄鋼を辞《や》めています。辞めさせられたんですね。それで、自殺したんだろうということになったようです」

「江坂という人の娘に、会ってみたいね」

と、十津川は、いった。

5

亀井に案内されて、十津川は、大塚《おおつか》にある江坂の家を訪ねた。

死んだ江坂伸夫の娘のみゆきに会った。

二十五歳のＯＬである。

「今でも、父が、自殺したとは、思えないんです」

と、みゆきは、大きな眼で、十津川を見つめて、いった。

小田あかりのような美人ではないが、そのぶん、聡明《そうめい》な感じだった。

「遺書がなかったからですか？」

と、十津川は、聞いた。

「それもありますけど、父には、自殺しなければならない理由なんか、なかったんです」

「一週間前に、大原鉄鋼を辞《や》めていたことが、自殺の原因とは、考えられませんか？」

「いいえ」

「なぜです？」

「父は、前から、辞めることを、覚悟していたんです。そういっていましたもの。辞めるのを覚悟で、いいたいことを、社長にいったと、さっぱりした顔で、私に、いっていたんですわ。だから、自殺するなんて、あり得ませんわ」

「八月二十五日に、出かける時、原口さんに会うと、いわれたそうですね？」

「ええ。父は、そういって、出かけたんです」

「原口というのは、大原鉄鋼の原口企画部長のことですか？」

「私は、そう思っていたんですけど、父が亡くなったあとで、原口さんにお聞きしたら、そんな約束はなかったと、いわれましたわ」

「他に、お父さんは、出かける時、何かいっていませんでしたか？」

と、十津川は、聞いてみた。

「私が、タクシーを呼びましょうかと、いったんです。父は車を持っていましたけど、丁度《ちょうど》、故障していたもんですから。そうしたら、通りのバス停のところまで、迎えに来てくれることになっているといって、出かけて行きましたわ」

「迎えにというと、原口部長がということですかね？」

「私は、そう思っていたんですけど、原口さんは、その件も、全く知らなかったと、おっしゃっていました」

「お父さんは、大原鉄鋼に、何年くらい、勤めていたんですか？」

「三十年近くですわ」

「そりゃあ、すごい。会社のことを、何か、あなたに、話したことがありますか？」

「父は、あまり、仕事のことを、家族に話さない方でした。亡くなった母は、それが、不満のようでしたけど。ただ父が、会社の将来のことを、心配していたのは、知っていました」

「鉄鋼の不況のことを、心配していたんですかね？」

「それもあると思いますわ。でも、大原鉄鋼の体質も、心配していましたわ」

「同族会社ということをですか？」

「くわしいことは、私には、話しませんでしたけど、ああいう会社は、どうしても、公私を混同してしまうんだと、いっていましたわ」

「なるほど」

と、十津川は、肯《うなず》いてから、

「お父さんが亡くなった頃、何か、妙なことが、ありませんでしたか？」

「妙なことって、どんなことでしょう？」

「変な電話が、かかって来たとか、変な噂話《うわさばなし》を聞いたとかいうことです」

「日記が、失《な》くなっていますわ」

「お父さんの日記ですか？」

「ええ。父は日記をつける習慣があって、ここ十年ぐらい、ずっと、つけていたんです。亡くなってから、遺品を整理したら、今年の日記が、見つからないんです」

「出かける時、その日記を持って行ったということは、考えられませんか？」

亀井が、聞いた。

みゆきは、首をかしげて、考えていたが、

「わかりませんね」

「その日記に、何が書いてあったか、知らないでしょうね？」

「ええ。読んだことが、ありませんから」

「あなたが、原口部長に、会われたことは、あるんですか？」

「父の葬儀の時、来て頂きましたわ」

「話もしましたか？」

「ええ。少しですけど」

「どんな話をしたんですか？」

今度は、十津川が、聞いた。

みゆきは、その時のことを、思い出そうとするように、宙を見すえていたが、

「江坂さんは、働くのが好きな人だったから、会社を辞《や》めて、がっくりしたんじゃな

いか、そんなことをいわれたと、思います」

「お父さんは、がっくりしていましたか？」

「いいえ」

「大原鉄鋼を辞めたあと、お父さんは、何をやろうとされていたんですか？」

「貯えがありましたから、父は、一年くらい、ゆっくり休んで、そのあと、叔父《おじ》の会社を手伝うと、いっていました。叔父は、横浜で、中堅の貿易会社を、やっているんです」

「自殺する理由は、その面からも、なかったというわけですね？」

「はい」

「今年の日記がなくなっているということですが、去年の日記はありますか？」

「ええ。ありますわ。父の遺品ですから、大切に、とってあります」

「それを、見せてくれませんか」

「ええ。構いませんわ」

みゆきは、奥から、一冊の日記帳を持って来て、十津川に、渡した。

開いてみると、几帳面《きちょうめん》そうな細かい字が、並んでいる。

十津川は、無作為に、まん中あたりのページを、読んでみた。

ない。

〈七月六日　曇《くもり》
梅雨《つゆ》特有の曇空である。じめじめと、うっとうしい。うっとうしいといえば、世界の鉄鋼不況も、いっこうに、好転のきざしが見えない。
この底冷えは、まだ、しばらく続くだろう。
今日も、二十六人の社員が、辞《や》めていった。はっきり書けば、首切りだ。会社を守るためには、仕方がないし、他の鉄鋼会社でも、人員整理は、行われているが、うちのやり方は、強引すぎ、冷たすぎるという批判がある。
一番いけないのは、優秀な人材でも、会社のやり方（というより、社長のやり方といった方がいい）に、少しでも批判的な人間を、真っ先に、馘首《かくしゅ》してしまうことだ。もう一つ、人員整理のために、会社は、人事部長の補佐役として、小林という男を使っている。労務管理の専門家だというが、総会屋あがりで、乱暴な男だという噂《うわさ》を聞いている。こんな男を、使うということにも、うちの会社の体質が表れているような気がして、寒心にたえない〉
十津川は、その日記を、亀井に渡した。
亀井も、十津川が開いたページを、黙読していたが、

「仕事のことしか、書いてありませんね」

「仕事が好きだったんだよ」

「他のページも、どうやら、仕事のこと、会社のことが、ほとんどのようですね」

と、亀井は、他のページに、眼を走らせながら、いった。

「失《な》くなった今年の日記にも、恐らく、最近の会社のことが、書かれていたんじゃないかね」

十津川は、いった。

「だから、何者かが、盗み出したということになりますか？」

「そうさ。江坂さんが、自殺でなく、殺されたのだとしたら、殺した犯人が、今年の日記を、持ち去ったんだろう」

と、十津川が、いうと、みゆきは、眼を輝かせて、

「父のことを、もう一度、調べて頂けるんですか？」

「夏の事件は、神奈川県警の所轄で、すでに自殺の結論が出ています。それを、表立って、捜査し直すことは、できません。しかし、現在、私たちが追いかけている事件との関連で、調べ直すことは、可能です」

十津川は、慎重に、いった。

「現在の事件って、大原鉄鋼の原口部長さんが狙《ねら》われたり、課長さんが殺されたりし

ている事件のことですわね？」

「その通りです。もし、お父さんが、亡くなられた頃のことで、何か思い出されたことがあったら、すぐ、知らせて下さい。どんなことでも、構いません」

と、十津川は、みゆきにいい、去年の日記を借りて、亀井と、江坂邸を辞した。

「どうでした？」

と、亀井が、帰り道で、十津川に、聞いた。

「まだ、わからないよ」

「今年の夏の江坂の死が、今度の一連の事件の原因になっているとは、思われませんか？」

「そのいい方は、正確じゃないね。もし、関係があったとしてもだ」

と、十津川は、いった。

「と、いいますと？」

「大原鉄鋼に、何か問題があった。それを、経理部長だった江坂が知り、日記に、書きとめた。大原鉄鋼にとってか、あるいは、原口企画部長にとって、命取りになるような秘密だったとする。原口は、江坂を、相模湖《さがみこ》に連れ出し、自殺に見せかけて殺し、日記を奪い取った。もし、今年の八月に、そんなことがあったのだとしたら、江坂が、殺されたこと自体が、今度の事件の引き金になったのではなく、江坂がつかんだ秘密が、引き金になったと、いうべきだろうね」

「もし、警部の推理が、当っているとしたら、面白いことになりますね。一見、男と女のどろどろとした愛憎が、原因で、殺人事件が起きているように見えるが、本当は、違う秘密が、原因だったということで」

「憎み合っている筈《はず》の原口と、小田あかりが、かばい合っている理由も、それで、説明がつくかも知れないな」

と、十津川は、いった。

第八章　目撃者

1

十津川は、何時間かかけて、去年の江坂の日記を、最初から最後まで、眼を通した。

その結果、わかったことが、いくつかある。

第一は、江坂が生《き》まじめな性格の人間だったらしいということである。

恐らく、融通の利かない人間として、一部の人々からは、煙たがられていたに違いない。

第二は、友人の名前が、ほとんど出て来ないことだった。

問題があっても、それを、自分一人で処理する性格だったこともあるだろうが、正義漢にありがちな、狷介《けんかい》なところがあったのだろう。

その少い友だちの中で、日記に名前が出ていたのは、同じ大原鉄鋼の社員で、花島《はなじま》祐介《ゆうすけ》という名前だった。

十津川は、ひとりで、この花島という男に、会いに行った。

会社の昼休みに、近くの喫茶店で、話を聞くことにした。

「こんな時間に、呼び出して、申しわけありません」

と、十津川が、いうと、五十五歳になる花島は、苦笑して、

「構いませんよ。どうせ、暇なんです」

と、いい、名刺をくれた。

〈参議室　花島祐介〉

とある。

「参議室というのは、何をやるところですか?」

と、十津川は、聞いた。

「何もやりません」

「何もやらない?」

「そうですよ。うちの会社では、馘《くび》にしたい人間を、参議室勤務にするんですよ。仕事は、何もないんです。狭い部屋に、ただ、押し込められているだけですよ。たいていは、いたたまれなくなって、辞《や》めていきます。私も、辞めたいんだが、家族もいるし、行先もないもんですからね」

花島は、自嘲《じちょう》した。

「前は、他の部署で働いておられたんですか?」

「これでも、前は、営業第一部長の椅子《いす》にいたんです」

「亡くなった江坂さんと、お友だちだったと伺いましたが?」

「親しかったのは、本当ですよ。同じ大学を出ていたし――」

「江坂さんが亡くなった時、どう思いました?」

「どうって、気の毒なことだったと、思いましたよ」

「自殺だと信じましたか?」

「ええ。まあ。会社を辞めてからすぐですからね。そのことが、自殺の原因だと、思ったのですが」

「殺されたのではないかとは、考えませんでしたか?」

「そんな。彼は、まじめないい男ですよ。どうして、彼が、殺されなければならないんですか?」

「多分、まじめ過ぎたからかも知れません」

「どういうことですか」

「江坂さんが、会社の不正について、特に、企画部長の原口さんのことについて、あなたに、何か話したことは、ありませんか?」

「うちの会社のね」

と、いって、花島は、苦笑した。

「うちの会社は、社長以下、同族で、押さえられていましてね。会社の運営は、彼等の思うままですよ。株の大半は、彼等が持っているし、組合も、いいなりだから。普通の会社では、問題になるようなことでも、うちの会社では、問題にならないんですよ」

「しかし、犯罪なら、問題になるんじゃありませんか？」

「そりゃあ、そうですが、原口企画部長が、犯罪を犯したというんですか？」

「それらしい話を、江坂さんから聞かれたことは、ありませんか？」

「いや、ありませんね」

「噂《うわさ》も、聞きませんか？」

「原口部長についてですか？」

「そうです」

「最近の事件のことは、知っていますよ」

「江坂さんが死ぬ前のことです」

「聞いていませんね」

「あなたから見て、原口さんというのは、どんな人ですか？」

と、十津川は、聞いた。

花島は、当惑した顔で、

「どんなといわれても、困りますね」

「彼はアメリカへ行きましたね。そのことについては、どう思います」

「アメリカの鉄鋼事情について、調査に行った筈《はず》ですよ」

「他の理由は、考えられませんか？」

「知りませんね」

「では、最近の一連の事件については、どう思いますか？　原口さんの周辺で起きているんですがね」

十津川が、聞くと、花島は、ますます、当惑した顔になった。

「私には、関係のないことですからね」

と、いった。

2

十津川は、江坂が、友人の花島に、何も話さなかった理由が、わかったような気がした。

この男は、悪い人間ではないだろうが、事なかれ主義で、いざという時、頼みにならないと、思っていたに、違いない。

十津川は、失望して、捜査本部に、帰った。

「江坂も、あの花島のように、見ざる聞かざるでいたら、死なずにすんだということですか」

と、亀井は、溜息《ためいき》をついた。

「そうだろうね」

「しかし、困りましたね。江坂の今年の日記がないうえに、唯一《ゆいいつ》の友人も、話を聞いてないとなると、江坂が何を知っていたために、殺されたのか、わかりませんね。今度の事件の原因が、不明ということになってしまいますね」

「その通りだよ」

「となると、原口部長と、小田あかりの関係は、単なる男女の問題ということになってしまいますね。男が女を裏切った。その復讐《ふくしゅう》ということになると、説明がつかないことが、出て来てしまいますよ」

「わかっている」

「殺し合いに、拳銃《けんじゅう》まで使われたり、棚橋課長が、なぜ殺されたのかも、わからなくなって来ます」

「それに、肝心《かんじん》の原口と、小田あかりが、殺されずにいる理由もだろう？」

「そうです」

「江坂が、何のために、殺されたかはわからないが、いろいろと、想像することは、できるんじゃないかと、思うんだがね」

と、十津川は、いった。

「どんな風にですか？」

「江坂は、何かをつかんで、それを日記に書いた。原口部長にも、いったんだろう。江坂は、辞《や》める前、大原鉄鋼の経理部長を、やっていた」

「とすると、経理上の不正を見つけたということでしょうか？　原口が、会社の金を、使い込んでいるとかいった――」

「いや、それだけではないと思う。あの会社は、同族会社で、原口は、会長の娘の婿だ。彼が、多少、会社の金を使い込んだとしても、あの会社は、内々で、処理してしまうよ。花島も、そういっていた。原口は金を使い込んだ。これは、あったと思う。経理部長だった江坂は、それに気づいたんだ。問題は、そのあとだな」

「社長にいっても、内々、処理されてしまうことは、江坂にも、わかっていたでしょうから、どうしたかということですね？」

「そうなんだ。江坂は、正義感が強かったから、告発しても無駄と思ったが、そのまま、見過ごすことも、できなかったんじゃないだろうか。そこで、原口が、なぜ、会社の金を使い込んだか、その理由を調べたんじゃないかね」

「あり得ますね。社長にいっても、取り合って貰《もら》えない。そこで、一人で、こつこつ調べた。考えられますね」

「ある意味でいえば、嫌な男ということになる」

「そして、原口が、法律に触れるようなことをやっていることを見つけたわけですか」

「恐らくね。ただ、会社にいたのでは、原口にいえないので、辞《や》めてから、いったんじゃないかな。辞めれば、対等ということでね」

「しかし、江坂は、なぜ、警察に知らせなかったんでしょうか？　別に、辞めた会社に忠義立てしたとも、思えないんですが」

亀井が、首をひねっている。

十津川は、じっと、考えていたが、

「江坂の娘さんは、何といったかね」

「江坂みゆきですが」

「いい娘さんだ。彼女には申しわけないが、父親の江坂は、自分のつかんだ秘密を、金に代えようとしたんじゃないかね」

「そうでしょうか？」

「江坂は、正義感から、原口を調べたんだろうとは、思う。しかし、彼は、会社を辞めた。あの年齢《とし》での再就職は難しいし、娘のこともある。金が欲しいと思っても、不思議はないよ」

「原口と、取引きしようとしたんでしょうか？」

「そう思うね。だから、江坂は、警察にも、友人にも、話さなかったんじゃないかね。信頼できる友人がいないということも、あったろうがね」

「今年の日記を、金と引き換えにするつもりで、持って出たということですか？」

「そうだろうね。それに、江坂は、娘に、原口が、車で迎えに来るといったという。もし、対決する気で出かけたのなら、もっと、緊張したものがあったろうし、簡単に、相手の車に乗ったりはしなかったんじゃないかね。金で結着することに話がついていたから、江坂は、原口の車に乗って、出かけたんだと思うよ」

「しかし、原口の方は、金で解決する気はなかったわけですね」

「金を出せば、また、ゆすられると思ったんだろう。江坂は、原口の不正を知ったわけだからね」

「江坂は、日記を誰かに預けておいて、原口に会えば、死なずにすんだと思いますね」

と、亀井が、いう。

十津川は、肯《うなず》いてから、

「カメさんのいう通りだが、そこが、江坂が、金をゆすったとしても、本当の悪党になり切れなかったところじゃないかね」

3

二人の推理は、どこまでも進行していくが、十津川は、途中で、抑えてしまった。推理は、あくまでも、推理でしかなかったからである。

「カメさん。神奈川県警に、行って来てくれないかね」

と、十津川は、いった。

「相模湖《さがみこ》の事件のことですね？」

「恐らく、原口の車で、相模湖まで、江坂を運んだと思うんだ。誰か、目撃者でもいてくれたらと思ってね」

「わかりました。県警に、聞いて来ましょう」

と、亀井は、いった。

原口と、小田あかりには、その後も、監視をつけていた。

しかし、原口が、ブルートレインの「はやぶさ」に乗って、毒を飲んで以来、二人とも、これといった動きは、見せなかった。

原口の友人で、外交官の堀内和夫が、本当に、十月二十二日から二十四日までの三日間、日本に帰っていたかどうかについては、十津川は、三上《みかみ》刑事部長から、外務省へ、問い合せて貰《もら》った。

その回答は、なかなか、届かなかった。きっと、アメリカにいる堀内が回答を渋っているのだろうと考え、十津川は、部長から、「殺人事件に関する調査」なのだと、強く、いって貰うことにした。

それが、功を奏したのかも知れない。外務省からの回答が、十津川の手元に届いた。

〈駐米日本大使館員の堀内和夫は、十月二十一日に、パスポートを紛失した。その後、再交付を受けているが、紛失した経過については、不明である。従って、二十二日から二十四日まで帰国していない〉

それが、外務省からの報告だった。

十津川は、苦笑した。

紛失云々《うんぬん》は、明らかに、嘘《うそ》だと思った。

しかし、こちらが、それを追及しても、向うは、紛失を主張し続けるだろう。

十津川は、この回答で、満足した。報告は真実とは思わないが、それでも、堀内が、十月二十二日から二十四日まで、帰国していないことが、はっきりしたからである。

もちろん、外務省は、紛失したパスポートが、どう悪用されたかについては、全く、知らないというだろう。

だが、堀内和夫のパスポートで、十月二十二日から、原口が、ひそかに、帰国していたことは、間違いない、と思った。

何のために、原口が、ひそかに、帰国したのか？

答えは一つしかないと、思った。

小田あかりが乗ったブルートレイン「はやぶさ」に、原口も、乗った。そのための帰国だったに、決まっている。

（やはり、小田あかりに、毒薬を飲ませたのは、原口なのだ）

と、十津川は、思った。

亀井も、神奈川県警から、戻って来た。

「県警でも、自殺としたものの、他殺の線も、捨て切れずにいたと、いっていました」

と、亀井は、十津川に、報告した。

「と、いうと、何か、それを究《きわ》めるものも、あったわけだね？」

期待して、十津川は、聞いた。

「県警では、恨みを買うような人間ではないということで、自殺としたんですが、疑問だったのは、江坂が、どうやって、相模湖まで来たかということだったようです」

「電車か、車かということだね」

「そうです。自分の車で来たのなら、湖岸のどこかに、その車がなければならない。ところが、車は見つからなかった。次は、電車ですが、国鉄の駅で、この日降りた客は、一日で、八十六人しかいなかったんですが、駅員は、江坂を覚えていなかったというのです。残るのは、タクシーですが、これも、江坂を乗せたタクシーは、見つからなかったというのです」

「なるほどね」

「その捜査の途中で、ベンツを見たと、いっていました。まさか、その車が、江坂と関係があるとは、思わなかったので、見過ごしたと、いってました」

「しかし、なぜ、関係ないと、思ったんだろう?」

「それが、女連れで、全員が、釣りに来たという恰好をしていたせいだということでしたね」

「女連れ?」

「若い美人だったそうですよ」

「小田あかりかな?」

「かも知れません」

「そのベンツのナンバーは、わかっているのか?」

「いや、残念ながら、わかっていません。その車を見たという人間は、三人ほどいたそうです」

「小田あかりと、原口の写真を、その目撃者に見せてみたいね」

「神奈川県警に、協力して貰《もら》って、やってみましょう」

と、亀井は、いった。

4

亀井と、若い清水刑事が、原口と小田あかりとの写真を持って、相模湖に向った。向うで、神奈川県警の刑事と、落ち合い、ベンツの目撃者に、二人の写真を見せるためである。

その結果を、捜査本部で待っている間に、十津川は、興味ある噂《うわさ》を聞いた。その噂を持って来たのは、小田あかりの監視に当っていた西本刑事だった。

彼は、交代して、捜査本部に戻って来ると、十津川に、

「小田あかりは、銀座で、ブティックを始めるようです」

と、いった。

「本当かね？」

「今日、彼女は、銀座に出かけ、何軒か、不動産業者に、当っています。私と、田中刑事が、その不動産業者に聞いたところでは、銀座で、小さなブティックをやりたいが、適当な物件はないかという話だったと、いっています」

「銀座で、気のきいた店をやるとなったら、大変な金が、かかるんじゃないかね？」

「小さな店の権利金だけでも、三、四千万は必要だということですから、店内を改装

して、品物を入れるとなると、やはり、一億円は必要じゃないですかね」

「そんな金を、小田あかりは持っているのかね」

「相手をした不動産業者の話では、持っている感じだったと、いっていました」

「その金があるとすると、出所は、大原鉄鋼の原口あたりかな」

「他に考えられません」

と、西本が、いった。

小田あかりが、十月二十三日に、「はやぶさ」の中で、パラコートを飲まされて、殺されかけたのに、また、東京にやって来たのは、原口をゆすって、ブティック開業のための資金を出させるためだったのか。

相模湖から、亀井が、電話をかけて来た。

「目撃者三人のうち、一人は、小田あかりの写真を見て、あの日、問題のベンツに同乗していた女に間違いないと、いいました。しかし、あとの二人は、似ているが、同じ人間だと、断定できないと、いってます」

と、亀井は、いった。

「原口の方は、どうだ？」

「こちらは、あまり芳《かんば》しくありません。どうも、原口は、車から降りなかったようです」

「はっきり、顔を見せた人間もいるんだね？」

「目撃者の一人は、そのベンツから、男と女が降りて来るのを、見たといっています」

「女は、小田あかりとして、男は、誰かな？」

「江坂の顔写真を見せましたが、違うということでした」

「誰かな？」

「その人間は、一人で釣りに来ていた近くの雑貨店の主人なんですが、今、似顔絵を、作って貰《もら》っています」

「車のナンバーを覚えている人はいないのかね？　もし、いれば、そのベンツが、原口の車だと断定できるんだがね」

「その点も、聞いてみたんですが、覚えている者は、いませんでしたね、残念ですが。小田あかりのことで、そちらで、何かわかりましたか？」

「銀座で、ブティックをやるらしい」

「ほう。ブティックは、若い女性の夢ですからね」

と、亀井は、笑った。

「問題は、その金の出所だ！」

「そうですね。原口だとすると、二人は、休戦したということになりますか？」

「二人に聞けば、最初から、何もなかったと、いうだろうがね」

と、十津川は、いった。

一時間して、また、亀井から、電話が入った。

「さっきいいました似顔絵が、できあがりました」

「ひょっとして、小林運転手に似ているんじゃないのかね？」

十津川が、聞くと、亀井は、

「あの運転手には、似ていませんね。強いていえば、東京駅近くの喫茶店で殺された、棚橋という課長に、似ていますよ」

5

亀井と、清水が、その似顔絵を持って、捜査本部に、帰って来た。

目撃者の証言をもとに、絵の上手《じょうず》な神奈川県警の刑事が、描いたものだという。

十津川は、棚橋課長の写真を、横に並べてみた。

「なるほど、似てるね」

と、十津川は、いった。

「すると、相模湖には、何人の人間が、行ったことになるんですか？」

若い清水が、首をかしげて、十津川を見た。

「原口、棚橋課長、小田あかり、小林運転手、それに、殺された江坂の五人だと思うね。ベンツなら、五人は、ゆっくり乗れるだろう」

と、十津川は、いった。

「なぜ、そんなに、沢山の人数で、原口は、江坂を、相模湖へ連れて行ったんですかね？　江坂を殺す目的で、連れて行ったのなら、普通は、なるべく小人数にするもんじゃありませんかねえ」

亀井が、不思議そうに、いった。

十津川は、少しの間、考えていたが、

「それは、こういうことじゃないかと思うんだよ。江坂がつかんだ原口の不正があった。どんなことかわからないが、その不正に、部下の棚橋課長が、絡《から》んでいたのではないか。また、原口は、そのことを、寝ものがたりで、小田あかりに喋《しゃべ》っていたのかも知れないし、小林運転手は、足がわりのベンツの運転をしているうちに、自然に、問題の不正に気づいてしまったんじゃないかね」

「つまり、四人とも、同じ穴のムジナということですか？」

「と、いうより、他の三人が、原口に、たかっていたのかも知れないし、原口が、他の三人を利用していたのかも知れない。四人が、対等だったとは、思えないね」

「その四人のうち、二人が、すでに、殺されていますね」

と、亀井が、いった。

棚橋課長が、毒殺され、小林運転手は射殺された。

「その件だがね」

と、十津川は、亀井の言葉を引き取って、

「最初、棚橋は、ただ単に、原口の部下だから殺されたのではないか。小林運転手は、犯人が、原口を殺そうとして、誤って、射殺したのではないかととわれわれは、考えた。だが、ここに来て、どうも、違うのではないかと、私は、考えるんだよ。棚橋課長は、ただ単に、原口の部下だから殺されたんじゃなくて、原口の不正の秘密を知っていたから殺されたと思わざるを得ない」

「小林運転手も、同様ですね。つまり、犯人は、最初から、彼を狙《ねら》って、射ったことになりますね」

と、亀井は、いった。

「そう思わざるを得なくなって来たよ。今まで、小田あかりが、原口を狙って射ったか、あるいは、及川に狙わせたかわからないが、とにかく、小田あかりが、原口を殺そうとしたのだと、思い込んでいた。それが、たまたま外れて、小林運転手に、命中したんだろうとね。しかし、どうやら、犯人は、最初から小林運転手の口を封じようとして、射ったんだ」

「そうなると、及川に頼んで、射たせたのは、小田あかりか、原口部長か、わかりませんね」

　と、亀井が、いった。

「むしろ、原口の可能性の方が強くなったよ」

　と、十津川は、いった。

　男と女の戦いに見せかけて、原口が、不正を知っている人間を、次々に、消していったのではないか。

「しかし、警部」

　と、清水が、十津川を見て、

「棚橋課長が殺された時ですが、犯人は、女だということは、はっきりしています。それに、原口は、この時には、帰国していなかったと思うんです。棚橋課長が、殺された直後に、あわただしく、帰国したわけですから。とすると、棚橋課長を殺したのは、小田あかりじゃないですか？」

「そうだね。小田あかりだろうね」

「すると、妙なことになると思います。小林運転手は、原口が、及川に殺させたとして、棚橋の方は、小田あかりが殺したとしますと、いがみ合っている筈《はず》の原口とあかりが、二人が協力して、秘密を知っている人間を、消したことになるんじゃありませんか？」

「そうだよ！」

と、十津川は、急に大きな声を出した。

「君がいったことが、当っているのかも知れん」

「しかし」

と、亀井が、口を挟《はさ》んで、

「もし、今度の一連の事件が、いってみれば、原口と小田あかりの八百長《やおちょう》ゲンカの裏側で、二人によって行われたとしますと、原口と、彼女が、ブルートレイン『はやぶさ』の車内で、パラコートを飲まされたのは、どういうことになるんでしょうか？」

6

「そうだ。あの二件が、どう説明できるかということがあるね」

と、十津川も、肯《うなず》いた。

あれは、芝居だったのだろうか？　しかし、それにしては、危険な芝居である。命がけの芝居になってしまう。

「私は、やはり、芝居だったと思いますね」

と、いったのは、清水である。

「その根拠は？」

亀井が、聞いた。

「日本各地で、農薬入りのドリンク剤を飲んで死ぬ事件が、続発しました。あれは、たいていパラコートです。半数以上は、死亡したように、記憶しています。それなのに、小田あかりも、原口も、パラコートを、飲んだのに、死にませんでした。それに、あの二人は、誤って飲んだわけじゃありません。それぞれ、相手が、殺そうとして飲ませたわけです。少くとも、そういうことになっています。それなのに、二人とも助かっています。運が良過ぎますよ。どうも、不自然です」

清水は、まくしたてるように、いった。

「すると、原口と、小田あかりは、本当は、仲がいいということになるのかね？」

亀井が、首をかしげた。

「その通りです。想像をたくましくすると、こういうことだと思うんです。原口、棚橋課長、小田あかり、小林運転手の四人が組んで、不正を、働いていた。それを知った江坂が、咎《とが》めたか、ゆすったかしたわけです。そこで、原口たち四人が、協力して、江坂の口を塞《ふさ》いだ。今度は、棚橋課長と、小林運転手の二人が組んで、原口をゆすり始めたんじゃないでしょうか？　それで、原口は、この二人の口も塞ぐ必要にかられた。しかし、単純に、二人を殺したのでは、すぐ、原口に疑いがかかるし、その根本にある不正事件が、気づかれてしまう恐れがある。そこで、小田あかりとの男女間の問題が、こじれてといういうことに、もっていったんじゃないかと、思うのです。原口と小田あかりの思惑通り、われわれは、棚橋と小林の死を、原口とあかりのケンカのとばっちりで殺されたと考えてしまいました。しかし、そう考える限り、事件は解決しないし、証拠もつかめない。原口たちの思惑通りになってしまうんじゃないでしょうか？」

清水は、自信を持って、いった。

「そうすると、十月二十三日の『はやぶさ』の車中での事件だがね。それは、小田あかりが、自分で、農薬を飲んだことになるのかね？」

と、十津川が、清水を見た。

「そう思います。もし、われわれが、最初に考えたように、原口が、彼女を殺そうとして、農薬入りのビールなり、コーラを飲ませたとします。殺すつもりですから、農薬を沢山入れると思うし、それを飲んだのなら、絶対に、助からなかったと思うのです」

「薬の量を加減したから、助かったというわけだね？」

「そうです。二人とも助かったのは、明らかに、農薬の量が少かったからだと思います。殺したい人間が、そんな手加減をする筈《はず》がありませんから、それは、当人が、加減して、飲んだんだと思いますね」

「小田あかりも、自分で、飲んだんだということかね？」

「そうです。自分で飲んでから、わざわざ、ロビー・カーまで歩いて行って、倒れて見せたんですよ。もちろん、錠剤に入れた農薬を飲んだんだと思います。その錠剤が、溶けていく時間も、ちゃんと、計算してあったと思いますね」

「原口の場合も、同じだったというわけだね？」

「そうです。彼も、自分で、お茶の中に、死なない程度の農薬を入れて、飲み、そのあと、ロビー・カーに歩いて行き、倒れて、見せたんだと思います」

「では、十月二十三日、小田あかりが、倒れた時、なぜ、原口は、友人のパスポートを使って、日本に、帰っていたのかね？　同じようなことだが、原口が倒れた時も、小田あかりが、新幹線を使って、追いかけている。これは、どう考えるね？」

十津川が、続けて、聞いた。

「それは、もちろん、二人が、憎み合って、相手を殺そうとしていると、思わせるためでしょう」

「しかし、小田あかりは、たまたま、その時、ロビー・カーにいたカメラマンの古賀に、毒入りのビールを飲まされたといっているんだよ」

「それは、当然だと、思います。もし、小田あかりが、原口に飲まされたといえば、原口が逮捕されてしまいます。それでは、困るわけです。ですから、ロビー・カーで、たまたま会った古賀カメラマンを、犯人に、仕立てあげたんだと思います。そういっても、警察は、きっと、原口を犯人と考えるに違いない。そういう計算が、あったたんだと思いますね」

「計算か。すると、あとは、ブルートレインの中で、原口が、農薬を飲んだ時も、彼は、飲ませたのが、誰か、いわなかった。いわなくても、われわれが、犯人は、小田あかりと、考えると踏んで、わざと、否定して見せたということになるのかね？」

「そうだと思います」

「カメさんも、清水刑事の考えに、賛成かね？」

と、十津川は、亀井を見た。

「そうですね。彼は、なかなか、うがった見方をしていると思います。原口と小田が、憎み合っている筈《はず》なのに、二人が、いまだに殺されず、その周囲の人間が、死んでいくのは、前から不思議だと思っていましたが、清水刑事のように考えれば、納得できます」

「それは、私も、同感だが、それにしては、どうも、二人のやり方は、ぎくしゃくしているような気がするね。もっと、スマートに、棚橋課長と、小林運転手を、殺すことが、できたんじゃないかね」

と、十津川は、いった。

原口と小田あかりが、裏では組んでいて、邪魔な棚橋と、小林を消したという考えは、確かに、面白い。

だが、それで、すべての説明が、つくだろうか？

第九章　ブティック

1

十津川は、三上刑事部長に呼ばれて、ハッパをかけられた。正確にいえば、叱責《しっせき》されたのである。

「銀座での銃撃、東京駅前での毒殺、あんな派手なことをやられたのに、いまだに、犯人を逮捕できずにいる。これでね、警察の威信が、大いに傷ついているんだ。それは、捜査に当っている君にも、よくわかっている筈《はず》だ」

と、三上は、いった。

どうやら、上の方からの批判を浴びたらしい。

「申しわけありません」

と、十津川は、素直に詫《わ》びた。

「まだ、何もわからないというわけじゃないだろう？」

「容疑者の名前は、わかっています」

「それなら、なぜ、逮捕しない？」

「状況証拠だけで、確証がありません。逮捕するのは、簡単ですが、否認されたらすぐ、釈放せざるを得ません」

「いつになったら、犯人を逮捕できるんだ？」

「間もなくです」

「正確な期限を知りたいね」

「それは無理です」

十津川は、いった。

「しかし、十津川君。例えば、棚橋課長を、東京駅前の喫茶店に呼び出して、殺したのは、誰が考えても、小田あかりだろう？　違うのかね？」

三上部長は、眉《まゆ》をひそめて、十津川を見た。

「そう考えられます」

「じゃあ、なぜ、小田あかりを、逮捕しないんだ？」

「その喫茶店の従業員に、小田あかりの写真を見せたのですが、似ているという者もいれば、別人の感じがするという者もいます。それに、犯人は、現場に指紋を残していません」

「小田あかりは、変装して、行ったんだ。だから、別人に見えるという従業員がいるんだろう」

「私も、そう思いますが、小田あかりだったという確証はありません。彼女は、否定していますし——」

「十月二十三日の『はやぶさ』の事件で、小田あかりが、農薬を飲まされた件はどうなんだね？　その日の前後にかけて、原口が、ひそかに帰国していたことは、わかったんだろう？」

「そうです」

「それなら、小田あかりに、農薬を飲ませたのは、原口に、決ってるじゃないか？」

「多分、そうだと思います」

「多分——だって？」

「そうです。十月二十三日の前後、原口が、日本にいたことは、間違いありません。しかし、彼が、二十三日に、『はやぶさ』に乗ったという、確証はありません」

「また、確証かね？」

三上は、うんざりした顔で、いった。

十津川は、冷静に、

「そうです。確証です。それがありません。一番の問題は、被害者の小田あかりが、たまたま、列車で乗り合せた古賀というカメラマンに飲まされたと、主張していることです」

「それは、嘘《うそ》だと、君は、いったんじゃなかったかね？」

「十中、八九、間違いです。彼女は、嘘をついていると思います」

「それでも、原口を逮捕できんのかね？　殺人未遂で、逮捕できるんじゃないのかね？」

「証拠がありません。それに、もし、原口なり、小田あかりを逮捕する時は、殺人容疑で逮捕したいのです」

「二人とも、殺人未遂で逮捕して、追及すれば、他の殺人事件についても、自供するんじゃないのかね？」

「駄目だと思いますね。そんな弱い人間じゃありません。二人ともです」

「君のいうことを聞いていると、容疑者を眼の前にして、ひたすら、手をこまねいているとしか見えんじゃないか。そんな状態で、また新しい事件が起きたら、どうするのかね？」

「もう、事件は、起きないと、思っています」

「なぜ、そんなことが、いえるのかね？　原口と小田あかりのどちらかが殺される危険は、常にあるんじゃないのかね？」

「ありますが、二人には、監視をつけていますから、大丈夫です」

と、十津川は、いった。

十津川が、部長室から、捜査本部に戻ると、亀井が、

「小田あかりが、いよいよ、ブティックを始めたようです」

と、いった。

2

「しかし、店内の改装などに、時間がかかるんじゃないのか？」

「それが、現在、盛業中のブティックを買い取ったらしいんですよ。元の持ち主が、結婚して、アメリカへ行くというので、買い取ったというんです。かなりの金額だったと思われます」

「問題は、その金の出所だね」

「その店へ行ってみますか？」

「その前に、前の持ち主に、会ってみたいね」

と、十津川は、いった。

亀井が、その女性の住所を調べて来て、十津川と、会いに行った。

原宿《はらじゅく》の洒落《しゃれ》たマンションが、彼女の住所だった。

仁村友美《にむらともみ》という三十九歳の女性である。

二週間後に、アメリカへ出発するのだという。

「向うで、結婚します」

と、十津川たちに向って、嬉《うれ》しそうにいった。

「それで、店を、売られたんですね？」

「正確にいうと、あのお店の権利を、お売りしたんですわ」

「いくらでした？」

「申しあげなければいけませんの？」

「ええ、いって頂きたいんですが」

「三千八百万円。四千万に、少し欠ける金額でしたわ」

「買ったのは、小田あかりさんですね？」

「ええ」

「三千八百万円は、現金払いでしたか？」

「M銀行の小切手で、支払って、下さいましたわ」

「三千八百万円の小切手ですか？」

「ええ」

「それだけでは、ブティックの店は、できませんね？」

「もちろん、商品が揃《そろ》わなければ、お店は、開けませんわ。それで、私が取引していたところを、小田さんに紹介して差しあげましたわ」

「商品まで含めると、どのくらいの金があれば、店は、開けるんですか？」

「それは、並べる品物にもよりますけど、最低、一億円ぐらいは、必要じゃないかと、思いますわ。あの辺のお客では、あまり安い品物は、売れませんから」

「一億円ですか？　小田あかりさんは、そのくらいの金を、持っていそうでしたか？」

「ええ、持っていたと思いますわ。その証拠に、今日、開店と、聞いていますもの」

と、友美は、微笑した。

「彼女は、あなたのところに、ひとりで、契約に、来たんですか？」

「立派な弁護士の方が一緒でしたわ」

「弁護士がね」

「名刺を頂いたから、持っていますわ」

友美は、ハンドバッグから、一枚の名刺を取り出して、十津川に、見せた。

〈新東京弁護士会　坂本収《さかもとおさむ》〉

という名刺だった。十津川は、それを、亀井にも、見せた。

十津川と、亀井は、礼をいって、マンションを出ると、次に、今日、小田あかりが開店したという銀座のブティックに、行ってみることにした。

旧・電通の近くのビルの一階だった。

花束に飾られているので、すぐわかった。

店内をのぞくと、華《はな》やかなドレスを着た小田あかりが、若い女性の従業員に、あれこれ、指図しているところだった。

十津川と亀井の顔を見ると、一瞬、顔をしかめたが、すぐ、笑顔になって、

「奥様のドレスを、買いにいらっしゃったんですか？」

と、いった。

「こんな高級な店では、買えませんがね」

と、十津川は、笑ってから、

「ちょっと、話を聞きたいんですが、構いませんか？」

「じゃあ、奥へ」

あかりは、二人を、奥の事務室へ案内した。

四十二、三歳の男が、机に向かって、書類を見ていた。あかりは、その男を、弁護士の坂本先生と、十津川に、紹介した。

「難しいお話なら、私が伺いますが」

と、坂本が、いった。

「この店を出す資金は、誰が出したのかと思いましてね」

十津川が、いうと、何か答えようとするあかりを、坂本が、制した。

「そういう問題については、警察に答える必要はありませんよ」

「君に、聞いてるんじゃない！」

亀井が、大声で、いった。

「僕は、この店の顧問弁護士です。何か、いいたいことがあれば、僕を通して欲しいですね」

と、坂本が、いい返した。

「いいのよ。私が答えるわ」

小田あかりは、にこやかに、いってから、十津川と亀井に向って、

「すべて、私のお金ですわ」

「一億円は、かかったと思いますが、すべて、あなたのお金なんですか？」

「ええ」

「大原鉄鋼の部長秘書の時の給料は、いくらだったんですか？」

「そんなことが、捜査と関係がありますの？　税務署なら、関係があるかも知れませんけど」

あかりは、皮肉な眼付きをした。

「原口部長に、出させたんですか？」

十津川は、冷静な口調で、聞いた。

「私のお金ですわ」

「四人の人間が殺されているんですよ。棚橋課長と、小林運転手、それに、及川とその恋人の四人です。いや、今度の事件の遠因となった江坂部長を入れれば、五人ですよ。そんな血なまぐささの揚句《あげく》、店を持っても、いい気分には、なれないんじゃありませんか？」

「私は、誰も殺してはいませんわ」

「誓えますか？」

「ええ、誓えますとも」

あかりは、昂然《こうぜん》と、十津川に、いった。

「怖《こわ》くは、ありませんか？」

と、十津川は、聞いた。

「怖いって、何がですか？」

「あなたも、他の五人と同じように、殺されるかも知れない。それが、怖くないかと、聞いているんですがね」

「私を、誰が、殺すのかしら？」

あかりは、肩をすくめるようにして、いった。

「わかっている筈《はず》ですよ」

と、亀井が、いった。

「わかりませんわ」

「刑事さん」

坂本弁護士が、口を挟《はさ》んだ。

「何ですか？」

「横で聞いていると、あなた方は、小田あかりさんを、脅迫しているように、思えますね。これ以上、脅迫されるようなら、告訴しますよ」

「脅迫じゃなくて、警告のつもりですがねえ」

と、十津川は、いった。

客が、増えて来た。

あかりは、立ち上ると、

「これ以上、ご用がなければ、お店へ出ていたいんですけど」

「どうぞ」

と、十津川は、いった。

あかりは、事務室を出て行き、すぐ、華《はな》やいだ彼女の笑い声が、聞えて来た。

十津川は、弁護士の坂本に、眼を向けた。

「この店の権利を買う時、あなたも、一緒に行かれたそうですね」

「小田さんに、ぜひ、立ち会って貰《もら》いたいといわれたものですからね」

「権利金の三千八百万円、それと、品物の仕入れに使った金の両方が、どこから出ているか、ご存知ですか？」

十津川が、聞くと、坂本は、首を横に振って、

「知りませんし、僕には、興味がありませんね」

「犯罪に絡《から》んだ金であってもですか？」

「証拠があるんですか？」

「今は、ありませんが、間違いのないところです」

「信じられませんね」

「しかし、定職もなく、別に資産家の出でもない若い娘が、一億円もの大金を動かすのを、不審には、思わないんですか？」

「今は、あれっと思うような人が、大金を持っているんです。僕は、別に、不審には、思いませんね」

坂本は、笑顔でいった。

十津川と、亀井は、店を出た。

「さすがに、花束の中に、原口の名前はありませんでしたね」

と、亀井は、銀座の街《まち》を、並んで歩きながら、十津川に、いった。

「そうだったね。しかし、あの金は、間違いなく、原口が出した筈《はず》だよ」

「小田あかりの望みは、銀座に、小ぎれいなブティックを出すことだったんですかねえ」

「今日の彼女は、いきいきとしていたじゃないか。あれで、満足しているのさ」

「しかし、警部は、これで終ったとは、考えられないでしょう？」

「清水刑事の推理どおりなら、しばらくは、何も起きないんじゃないかね。原口と、小田あかりが組んで、証人の口を封じたわけだからね。その報酬として、あかりは、大金を原口から貰《もら》い、銀座に、ブティックを開いた。彼女は、満足だろうし、原口も、しばらくは、安心しているだろうからだよ」

「確かに、そうなんですが——」

亀井は、ちょっと、不安気な眼をした。

「何か、不安なのかね？」

「私は、清水刑事の推理が、当っていると思うんですが、どうも、落ち着けなくて困っているんです」

「なぜだ？」

「多分、四人、いや、五人もの人間が死んでいるからだと思います。それも、他殺です。それなのに、こんな形で、落ち着いているのが、おかしい気がするんです」

「同感だね。それに、大阪で逮捕された古賀カメラマンのことがある。彼は、犯人じゃない。それを、一番よく知っているのは、小田あかりだと思うんだよ。その彼女が、なぜ、違うといわないのか。無実の人間を、平気で、刑務所に送るほど、冷酷な女には、思えないんだがね」

「それも含めて、原口から、大金をせしめたんじゃありませんか」

「それを、含めて？」

「そうですよ。『はやぶさ』の車中で、あかりは、原口と、合意の上で、農薬を飲んだ。その犯人を、今後も古賀にしておくことも含めてです」

3

十津川は、翌日、M銀行の新宿支店を訪ねた。仁村友美が、そこの小切手を、小田あかりが持って来たと、いったからである。

支店長に会って、そのことを聞いてみた。

「三千八百万円の小切手は、確かに、うちで、小田あかりさんに、作らせて頂きました」

と、若い支店長は、にこやかに、いった。

「彼女の預金は、そんなにあったんですか？」

「もちろん、なければ、小切手は作れません。他にも、六千万円の小切手を、お作りしましたが。なんでも、ブティックを始めるので、品物の仕入れに、必要だと、おっしゃっていましたね」

「それで、残額は、どのくらいですか？」

「あと、二千万円ほど、ありますね。今後も小田あかり様には、うちの銀行を利用して頂くことになっていますが」

「すると、全部で、一億二千万近くあったわけですね？」

「はい。そうなりますね」

「その大金ですが、どこから、誰が、彼女の口座に振り込んだものか、わかりますか？」

十津川が、聞くと、支店長は、当惑した顔になって、

「小田様に、内緒にしておいて欲しいといわれているんですが」

「しかし、殺人事件に関係があると思われるのですよ。ぜひ、教えて頂きたいですね」

と、十津川は、いった。

それでも、支店長は、しばらく、迷っている様子だったが、十津川が、もう一押しすると、仕方がないというように、

「あくまで、内密にして頂けますか？」

「もちろん、そんなことを、公表はしませんよ」

十津川は、約束した。

「確か、共三企画という会社だったと思いますね」

と、支店長はいい、帳簿を取り寄せて、確認してくれた。

間違いなく、共三企画で、振り込まれた日は、十月二十六日である。

十月二十三日に、小田あかりが、「はやぶさ」の車中で、農薬を飲んで、危うく死にかけている。二十六日といえば、その三日あとである。

そのことは、何か、意味がありそうな気がする。

十津川は、すぐ、亀井に、共三企画という会社を、調べるようにいった。多分、原口部長と関係のある会社だろうと思ったのだが、その予想は、当っていた。

「典型的なトンネル会社ですね」

と、戻って来た亀井が、いった。

「やはり、原口が、関係しているのかね？」

「代表者は、皆川喜夫《みながわよしお》となっていますが、これは、原口の友人です。大原鉄鋼から、この会社に対し、毎月一千万円を超《こ》える支払いが行われています」

「名目は、何に対する支払いなんだね？」

「共三企画に依頼して、市場調査《マーケットリサーチ》や、海外の動きを調査して貰《もら》ったことへの支払いとなっていますが、この会社は、ビルの一室を借りているだけで、何の仕事もやっていませんか」

「すると、原口が、会社の金をいったん、そのトンネル会社に入れてから、勝手に使っていたということか？」

「そうなりますね。もう一つ、面白いことがわかりました。この共三企画の社長は、今、いいましたように、原口の友人ですが、これは、単なる名前だけです。ただ、最近になって、この会社の社員に、棚橋、小林という二人が、加わっています」

「あの課長と、運転手が？」

「そうです」

「それは、面白いね」

「更に興味を引くのは、二人が、社員として採用された日です。これが、相模湖《さがみこ》で、江坂が殺された直後なんです」

「なるほど、面白いね」

「社員になった二人に対して、百万円の月給が、支払われています」

「百万円もねえ」

「これも、状況証拠ではありますが、原口、棚橋、それに、小林の三人が、江坂殺しの共犯であることを、示していると思われませんか？」

「確かに、そうだね。小田あかりは、社員にせずに、原口が、金を渡していたのかも知れないね」

「共三企画が、小田あかりに大金を支払ったということは、原口が、支払ったことと、同じですよ」

「口封じ代が、一億二千万か」

「そうですね」

「どうも、わからないな」

「何がですか？　これで、すべてが、はっきりしたと思います。原口と小田あかりの関係も、鮮明になったし、金の流れも、わかったんじゃないですか」

「問題は、そのわかり方だよ。あまりにも、簡単にわかったことが、どうも、引っかかるんだ。一億二千万円という大金を、一介のＯＬでしかなかった小田あかりが、手に入れれば、当然、怪しまれて、調べられるのは、わかっていた筈《はず》だよ。しかも、彼女が、農薬を飲んだあとで振り込んでいる。一番、怪しまれる時期だよ。なぜ、現金で渡さなかったんだろう？　現金なら、出所を調べるにしても、こんなに簡単にはいかないし、いくらでも、呆《とぼ》けられるんじゃないかね」

「警部は、まるで、一億二千万円の出所がわかったことが、不満みたいですね」

と、亀井は、笑った。

4

十津川と亀井は、その結果を持って、銀座の小田あかりのブティックを、もう一度、訪ねてみた。

店は、繁盛していた。開店サービス中の文字も見えるし、一万円、二万円のお楽しみ袋も出ていた。そんなことも、人気になっているのだろう。

坂本弁護士が、またかという顔で、十津川たちを睨《にら》んだが、あかりが、笑顔で、

「構いませんわ。今度は、何のご用なんですか？」

と、聞いた。

開き直っているのか、それとも、店が上手《うま》くいきそうなので、自信を持っているのかと、十津川は、思いながら、

「この店の権利金のことや、運転資金のことを、調べさせて貰《もら》いました」

「それで？」

「共三企画というところから、一億二千万近くが、あなたの口座に、振り込まれていますね」

「ええ」

「その共三企画は、大原鉄鋼の原口部長が作っている会社でね。もちろん、そんなことは、よく知っておられると思いますがね」

「存じませんでしたわ」

「知らなかった？」

「ええ」

「しかし、あなたの口座に、共三企画から、一億二千万円が振り込まれているのは、事実ですよ。あなたは、それを、銀行小切手にして、この店の権利金と、品物の購入に充《あ》てた筈ですよ。違いますか？」

「それは間違いありませんけど、共三企画が、原口さんの会社とは、全く知りませんでしたわ」

小田あかりは、平然とした顔で、いった。

「じゃあ、誰から、一億二千万円を貰《もら》ったと思っていたんですか？」

「そのお金ですけど、貰ったというのは、間違いですわ。お借りしたんです」

「誰からです？」

「大原鉄鋼を辞《や》めてから、いろいろ考えて、ブティックをやりたくなって、原口部長に相談したんです。そうしたら、自分の友人が、共三企画という会社をやっている。その男なら、力になってくれるだろうと、いって下さったんですわ。そのあと、その

共三企画から、お店を出すためのお金を、お借りしたんです。ですから、私は、ずっ
と、原口部長のお友だちがやっている会社だと、思っていましたわ」

「すると、共三企画に、一億二千万円を借りているわけですか？」

「ええ、ですから、ちゃんと、借用証を書いていますわ。共三企画に」

「担保は、何だったんですか？」

「私の生命保険ですわ。金額は、きっちり一億二千万円。私が死んだら、共三企画が、保険金を受け取ることになっていますわ」

「嘘《うそ》じゃありませんね？」

「ええ、もちろん」

あかりは、奥の金庫から、生命保険の証書の写しを持ち出して来て、十津川に見せた。

成程《なるほど》、一億二千万円の保険額で、受取人は、共三企画になっている。

契約した日も、十月二十六日にされている。

「間違いないでしょう？」

と、あかりは、笑って、十津川を見た。

十津川は、黙って、その証書を、亀井に見せた。

「本物の証書は、共三企画に、残してありますわ」

あかりが、つけ加えた。

「すると、あなたが死ねば、一億二千万円は、共三企画に入るわけですね？」

十津川は、確認するように、聞いた。

「ええ。災害時には、二倍の保険金が支払われることになっていますから、万一、私が殺されでもしたら、共三企画には、二億四千万円が、支払われる筈《はず》ですわ」

「怖《こわ》くありませんか？」

亀井が、聞くと、あかりは、首をかしげて、

「なぜですの？」

「あなたと原口部長の関係が、どうなっているのか知りませんがね。その周辺で、最近、何人もの人間が、死んでいますよ。棚橋課長や、小林運転手たちです。あなたが、次に狙《ねら》われるかも知れない。それを、考えたことがないんですかね？」

「私とは、関係ないことですわ」

と、あかりは、いった。

5

店を出た十津川と亀井は、二人とも、難しい顔つきになっていた。

「彼女が、知らなかったなんて、信じられませんね」

と、地下鉄の駅に向って歩きながら、亀井が、いった。

「共三企画のことだろう？」

「そうです。共三企画の実際の社長が、原口であることを、小田あかりが知らなかったなどということは、全く、信じられません。明らかに、嘘《うそ》をついていますよ。第一、共三企画が、原口と関係がなければ、一億二千万円も、貸すもんですか」

亀井は、腹立たしげに、いった。

「一億二千万円を、借りたということは、どう思うかね？」

「あれも、不自然ですね。口止めか、謝礼か知りませんが、一億二千万円は、原口が、小田あかりに、払ったんだと思います。借りたことにしてあるのは、表向きだけだと思いますね。こうしておけば、調べられた時、弁明ができるからじゃありませんか」

「しかし、生命保険のことは、気になるね」

「そうですね。小田あかりは、平気な顔をしていましたが、殺されれば、倍額の二億四千万円ですからね。原口が、その金が欲しくて、彼女を、殺すことも、考えられます」

「小田あかりにだって、その危険は、わかっている筈《はず》なんだが、平気な顔をしていたね」

「それほど、原口を、信頼しているとも思えませんが」

「そうなんだよ。カメさんが、いったように、すでに、何人もの人間が、殺されている。そのいずれもが、口封じのために殺されたとしか思えない。小田あかりだって、原口の秘密を知っている筈だ。だからこそ、原口が、彼女に、一億二千万円もの大金を、与えたんだと思う。そうなら、彼女だって、口封じのために、消される心配は、いくらでも、あるわけだよ」

「それなのに、平然としているのは、よほど、大きな原口の弱点をつかんでいるからかも知れませんね。まさか、二人が、今でも、愛し合っているとも、思えませんが」

「自分が殺されたら、原口の悪事を書いた手紙が、公表されるように、なっているのかな」

「いわゆる保険というやつですか？」

「坂本という弁護士が、彼女についているだろう。原口とのことを書いた手紙を、あの弁護士に渡してあるということも、考えられる」

「なるほど、自分に万一のことがあったら、坂本弁護士が、その手紙を、公表すると、原口に、いってあるかも知れませんね」

「そのためもあって、あの弁護士を傭《やと》ったのかも知れないね」

二人は、話しながら、地下鉄の駅に入って行った。

地下鉄の車内でも、吊《つ》り革につかまって、小田あかりの話が続いた。

「彼女が、原口を脅かして、大金を出させたことは、間違いありませんね」

と、亀井が、いう。

「いかに原口でも、一億二千万円は、大金だったと思うね」

「そう思います。その金は、会社の金をくすねたものだと思いますね。百万単位の金なら、どうということはないでしょうが、億の金となると、それが明らかになれば、原口も、大変なんじゃありませんか」

「とすると、早く、元に戻しておきたい気持もあるだろうね」

「彼女が殺されて、倍額の二億四千万円が、手に入れば、一億二千万円を、会社の金庫に返しても、あと、一億二千万円を、自分のものにできます。これは、大変な誘惑だと思いますね」

「やはり、危ないな」

「そうですね。原口が、彼女を狙《ねら》う可能性がありますね」

「原口には、監視がつけてあったね？」

「常に、二名の刑事が、張りついていることになっていますが、原口には、金がありますからね。小林運転手の時のように、誰かに頼んで、小田あかりを狙わせないとも限りません」

亀井が、難しい顔で、いった。

その恐れは、十分にあった。今は、たいていの人間が、金で動く時代である。日本に、殺し屋がいるかどうかはわからないが、一千万も出せば、殺しをやる人間はいるだろう。

「私は、小田あかりが、かけている保険の中身の方を知りたいですね。弁護士に預けてあると思われる手紙の内容です」

と、亀井が、いった。

「もし、そんなものがあれば、多分、今度の一連の事件を、すべて、説明してくれるものだと、私は、期待しているがね」

と、十津川は、いった。

「あの弁護士を、突ついてみますか？」

「いや、それは、無駄だろう。あの弁護士は、一筋縄《ひとすじなわ》では、いきそうにないからね。手紙があっても、われわれには、見せないさ」

「そうでしょうね」

「原口のふところ具合を、調べてみてくれないか。もし、金に困っているとすると、保険金目当てに、小田あかりを殺す恐れがあるからね」

「わかりました。早速、調べてみます」

と、亀井は、いった。

翌日、亀井は、まず、共三企画の預金額から、調べることにした。

原口は、毎月一千万円ずつ、会社の金を、この共三企画に振り込んでいたが、十月二十六日に、一億二千万円を、小田あかりに支払ったために、残高は、二千万円になっていた。

第十章　新しい視点

1

十津川は、本多《ほんだ》捜査一課長に頼んで、捜査会議を開いて貰《もら》った。

最初、本多は、この時期に来て、なぜ、捜査会議を開く必要があるのかと、十津川の要請に、難色を示した。

「今は、もう、犯人と思われる原口と、小田あかりを、いかにして逮捕するかだけが、問題として、残っているんじゃないのかね？」

と、本多は、いった。

「ある意味でいえば、その通りですが、二人の関係について、どうも、こちらの見方が、統一が、とれていないのです」

「統一することが、必要なのかね？」

「私は、必要だと思っています」

と、十津川は、いった。犯人を追いつめていくのに、必要ですと、十津川は、つけ加えた。

本多が、了承してくれて、捜査会議が、開かれた。

捜査本部長である署長が、会議の冒頭で、

「こうしている間に、原口と、小田あかりの二人が、逃亡を図ったりしたら、どうするのかね？」

と、十津川に、聞いた。

「大丈夫です。今のところ、二人が、逃亡する気配はありませんし、念のために、二人には、監視をつけてあります」

十津川は、きっぱりといった。

そのあと、十津川は、捜査会議を設けた理由を、説明した。

「今度の事件の始まりは、一応、十月二十三日に、小田あかりが、『はやぶさ』のロビー・カーの中で、農薬のために倒れたことです。彼女は、同じロビー・カーにいたカメラマンの古賀に飲まされたといい、古賀は、逮捕されました」

「その古賀だが、すでに、起訴されているね」

「そうです」

「君は、無実だと思っているわけだろう？」

「小田あかりは、嘘《うそ》をついていると思っていますが、問題は、それでは、誰が、小田あかりに、農薬を飲ませたのかということになります。最初は、原口企画部長が、飲ませたのだろうと、考えました。アメリカにいる筈《はず》の原口が、友人のパスポートを使い、ひそかに、日本に帰っていたことがわかりましたし、部長と秘書という関係が、男と女の関係になり、結果的に、小田あかりが捨てられたということも、想像されましたので、原口犯人説は、正しいと思われました。あかりが、簡単に身を退《ひ》かないので、殺そうとしたのではないかと考えたわけです。そして、殺されかけた小田あかりは、復讐《ふくしゅう》に転じるのではないかとも、考えたわけです」

「その推理どおりの事件が、続いて起きたわけだね？」

「その通りです。小田あかりが退院したあと、原口の部下の棚橋課長が、若い女に、毒殺されました。その葬儀のために、帰国した原口が、今度は、夜の銀座で狙撃《そげき》され、弾丸は、それて、小林運転手が死にました。次に、その銃の持ち主の及川も、恋人と一緒に殺害されました」

「それを表面的に見る限り、あかりが、復讐のために、次々に、殺人を犯していると、考えられたわけだね？」

「復讐と、そのために利用した人間を、消したんです。そして、最後に、当の仇《かたき》である原口を殺すのではないかと、考えたわけです。それを防ぐために、二人に、監視をつけましたが、原口が、突然、『はやぶさ』に乗り、農薬を飲まされて倒れました。

小田あかりが、新幹線を利用して、その『はやぶさ』を追いかけたことがわかったので、彼女が、飲ませたに違いないと、われわれは、考えたわけです」

「推理としては、一貫性が、あるわけだな？」

「あります。いや、あると考えていたといった方が、正確です。原口に対する小田あかりの復讐劇という図式です。しかし、肝心《かんじん》の二人、原口と、小田あかりが、危ないところで助かったことに、疑問が、持たれました。亀井刑事たちも、疑問を口にしましたし、私も、疑問を持ちました。捨てられただけでなく、殺されかけた女の、男に対する復讐劇というストーリィは、間違っているのではないかということです。そこで、原口のことを、もう一度、調べたところ、彼の不正を咎《とが》めた男が、相模湖《さがみこ》で死んでいることが、わかったわけです。その死に、原口の他に、棚橋課長や、小林運転手たちが、関係しているらしいこともです。原口の秘書だった、小田あかりも、何らかの意味で、関係していたのではないかということも、考えました」

2

十津川は、これまでに考えたことを、復習する感じで、話していった。

「原口と小田あかりが、憎み合っているように見えて、実は、手を結んでいるのではないかと、考えたわけだね？」

と、署長が、聞いた。

「そうです。棚橋課長や、小林運転手が殺されたのは、原口と小田あかりの憎み合いの飛ばっちりを受けたのではなく、二人の口を封じるのが、最初からの目的だったのではないのかと、考え直してみたわけです。こう考えると、原口と小田あかりが死ななかった理由が、わかってくるからです。二人とも、最初から致死量を飲まなかったのではないかということです」

「小田あかりが、一億二千万円もの大金を、原口から融通されて、銀座に、ブティックを開いたことで、ますます、その推理が適中しているとわかったんじゃないのかね？」

「そう思いました。二人は、共謀して、自分たちの過去の傷を知っている人間を殺した。一億二千万円は、その時の小田あかりの働きに対して、原口が、報酬として、払ったのではないかと、考えられたからです」

「私も、その新しい推理に賛成だね。従って、こんな捜査会議を開くより二人の犯行の証拠を摑《つか》んで、逮捕する方が、先決じゃないのかね？」

署長は、強い眼で、十津川を見た。その視線には、明らかに、非難の色があった。

本多も、どうなんだ、という眼で、十津川を見ていた。

「本部長のいわれることは、よくわかります」

と、十津川は、いったん、肯《うなず》いてから、

「もし、われわれの新しい推理が正しいとすると、何度もいいますが、原口と、小田あかりが、共謀して、棚橋課長と小林運転手を殺したことになります」

「それで、いいんじゃないのかね？　君も、そう思っているんだろう？」

署長は首をかしげて、十津川を見た。他に、どんな解釈があるのかという顔だった。

「共謀説を、とったとします。小林運転手が射殺されたのは、原口か、小田あかりが、及川に頼んで、やらせたのだということになります」

「違うのかね？」

「いや、違うという証拠はありません。問題は、棚橋課長の方です。彼は、東京駅八《や》重《え》洲《す》口《ぐち》にある喫茶店で毒殺されたわけですが、彼を、その喫茶店に誘い出した若い女がいて、彼女は目撃されています」

「それは、小田あかりに、決っているじゃないか。棚橋課長を殺す役は、彼女になっていたんだろう」

「それも考えられます」

「小田あかりには、アリバイがないんだろう？」

「彼女は、その時刻には、自宅のマンションにいたといっています」

「そんなのは、アリバイにはならんよ。ないのと同じだ。それに、喫茶店の従業員も、若い女が、小田あかりに似ていると、証言しているんだろう？」

「わからないと証言した者もおります」

「いつでも、そんな、あいまいな証言をする人間は、いるものさ。とにかく、棚橋課長を殺したのは、小田あかりだよ」

「どうなんだね？」

本多が、十津川に聞いた。

十津川は、署長と本多の二人に向って、

「そのことで、亀井刑事が、調べたことがあるので、彼から、説明して貰《もら》います」

と、いった。

今度は、亀井刑事が、自分の手帳を見ながら、

「私は、念のために、その線で、もう一度、調べてみました。棚橋課長が死んだのは、十月二十八日の午後六時頃と、考えられています。昨日、小田あかりのマンションを訪ねてみました。彼女は、銀座の店が忙しくて、留守《るす》でしたので、管《ま》理人や、隣接の人に、十月二十八日の夕方、小田あかりを見なかったかと、聞いて廻《まわ》りました」

「それで、どうなったんだね……」

と、署長が、聞いた。

「幸いなことに、管理人が、日誌をつけていたのです。それで、十月二十八日を見て貰ったところ、面白いことが、書いてあったのです。この日の夕方、小田あかりの丁《ちょう》度《ど》下の部屋に住む川原《かわはら》という大学生が、水洩《みずも》れがするので、調べてくれと、いって来たので、部屋を見たところ、天井に、確かに、水洩れしている。これは、上の階に住む小田あかりが、バスルームの水道を出しっ放しにしているのではないかと思い、彼女の部屋を訪ねたと書いてあったのです。管理人は、この時のことを、はっきりと覚えてました。水洩れで、ごたごたしたのは、この日だったからです。小田あかりの部屋に行ったところ、彼女がいて、一緒にバスルームなどを、調べてくれたと、管理人は、証言しました。その時刻ですが、午後六時少し前で、約三十分間、一緒に、調べてくれたというのです。結果的に、水洩れの原因は、わからなかったそうですが、十月二十八日の午後六時少し前から、三十分間、小田あかりが、自宅マンションにいたことは、間違いありません。川原正という大学生にも会いましたが、彼も、管理人の言葉を、裏書きしてくれました」

3

亀井が、発言をすませると、署長は、当惑した顔になって、

「十津川君、棚橋課長を殺したのは、小田あかりじゃないということになったのかね？」

と、聞いた。

「彼女のアリバイが、成立してしまいましたから」

「じゃあ、誰が、殺したんだ？　原口が、金で、若い女を傭《やと》い、棚橋課長を、八重洲口の喫茶店に誘い出し、毒殺させたのかね？」

「そんなことをしたら、また、その女の口封じをしなければならなくなります」

「そうだろうね。それに、この時は、原口は、まだ、アメリカに、行っていたんだな」

「そうです」

と、十津川は、肯《うなず》いてから、

「ここでは、小田あかりが犯人ではなかったことだけを、取りあげたいと思います。ところで、彼女が、ブティック開業の資金にした一億二千万ですが、十月二十六日に、まず、共三企画から、彼女の口座に、振り込まれているのです」

「共三企画は、即ち、原口の会社なんだろう？」

と、署長が、いう。

「そうです。つまり、原口が、小田あかりに、一億二千万円、払ったということです。なぜそんな大金を払ったのかが、当然の疑問になって来ます。二人が、共謀していたという立場に立てば、この一億二千万円は、そのあとの、彼女の役割に対するものということになります。棚橋課長を殺したのが、小田あかりなら、やはり、思った通りだということで、納得できるのです。しかし、小田あかりじゃありませんでした。彼女は、やっていない。となると、一億二千万円は、どういうことになるのだろうかと、考えたのです」

「そのあとで、小林運転手が、射殺されているじゃないか。小田あかりが、及川に頼んで、やらせたとすれば、一億二千万円は、そのための金とは、考えられないかね？」

署長が、考えてから、いった。

「確かに、そうも、考えられます。しかし、そうなると、主犯ではないかと思われている原口は、何もやらなかったことになってしまいます。棚橋課長を殺したのは、小田あかりではありませんが、といって、原口でもない。原口は、その時、アメリカにいたし、犯人は、若い女だからです」

「小林運転手が殺されたあと、犯人の及川と恋人が、殺されている。それは、原口がやったんだと思うがね。つまり、原口も、殺人をやってるんだ」

署長がいうと、本多も、そのあとに、続けて、

「私も同感だね。及川と、その恋人を殺したのは、原口だと思うよ」

と、いった。

「それなんですが、私は、どうも、違うように、思うのです」

十津川は、柔らかに、反論した。

「じゃあ、誰が、殺したと思うのかね？」

署長が、聞いた。

「私は、原口か、小田あかりのどちらかというより、及川に、金を渡して、小林運転手を狙撃《そげき》してくれと頼んだ人間が、及川と恋人を殺したと思うのです」

「ややっこしいが、どこが違うのかね？」

「小田あかりが、及川に、小林運転手殺しを頼んだのなら、及川を始末したのも、彼女です。逆にいえば、及川を殺したのが原口なら、殺しを頼んだのも原口だと、私は、思うのです」

「なぜだね？」

「及川は、自宅のマンションで殺されていました。同じマンションの部屋で、及川の恋人も、殺されていましたが、恐らく、犯人が、及川を殺した直後に、彼の恋人が訪ねて来たため、犯人としては、彼女をも、殺さねばならなくなったのだと思います。犯人は、部屋に入り、及川を殺しています。及川は、安心して、犯人を、部屋に招き入れ、犯人の方は、それにつけ込んで、油断している及川を殺したに違いないと思います。その直後に、及川の恋人が訪ねて来た。犯人は、彼女も、中に入れて殺したわけです。と、すると、犯人は、前から、及川と親しくしていた人間ということが、考えられます。特に、及川は、その直前に、頼まれて、銀座で、小林運転手を射殺していますから、用心深くなっていた筈《はず》です。しかし、この殺人を依頼した人間が、報酬を渡しに来たということなら、部屋に入れたのではないかと、思います」

「結論として、何がいいたいのかね？」

署長が、十津川の説明を、さえぎるようにして、聞いた。

十津川は、一息ついてから、慎重に、

「今いいましたように、今度の一連の事件を、われわれは、最初、男に裏切られた女の復讐《ふくしゅう》劇と見ました。それが、どうも、違っているのではないかと思い直し、二人は、共謀して、前の犯行を知る人間を、殺しているのではないかと、推理してみました」

「それが、正しかったんじゃないのかね？」

「今まで、正しいと、思っていたのですが、それでは、どうにも、説明がつかなくなって来ました。と、いって最初に考えたような、男の裏切りに対する女の復讐劇とも思えないのです」

「結局、わからないということなのかね？」

署長が、眉《まゆ》をひそめて、十津川を見た。

「もう一度、原口と小田あかりの関係を、調べてみたいのです。単なる男女間の復讐でもなく、共謀しているのでもないとすると、あの二人の関係は、いったい何なのか、それがわかれば、逮捕する証拠がつかめると思うのですが」

4

（小田あかりは、いったい、どんな女なのだろうか？）

その疑問から、十津川は、始めることにした。

今までも、考えなかったわけではない。ただ、次々に起こる事件に追われ、その中で、小田あかりの人物像が、自然にできてしまったのである。

彼女自身の行動も、一つの人間像を作るのに、十分なものだった。

最初は「はやぶさ」の中での行動である。農薬を飲んで、死にかけたあと、犯人は、たまたま、ロビー・カーの中で一緒だったカメラマンの古賀だと主張した。

古賀は、無関係と決りかけている今となっても、あかりは、自分の主張を、変えようとはしないのである。

今、古賀は、公判中だ。このままいけば、彼は、有罪判決を受けるだろう。証人が、小田あかりしかいないからである。

この件で見れば、彼女は、頑固で、意地の悪い女である。無実の人間を自分の証言で、罪に落として平気でいる冷たい女ともいえる。

次に、自分を捨てた男に、復讐《ふくしゅう》を図る女というイメージが、浮んで来た。同族会社で、企画部長をやっている原口と、その秘書だった小田あかり。そして、男と女の関係になり、男が、冷たくなって、女は会社を辞《や》めた。

ひどく、色あせた図式に見えたものだった。

それが少し変って来た。男に捨てられた、可哀そうな女が、ひょっとすると、とんでもない悪女に見えて来たからである。

原口と組んで、相模湖で、人を殺したらしいという話が出て来たし、次には、原口から、一億円を超《こ》す大金をせしめ、銀座で、ブティックを始めたりした。

なかなか、したたかな、一筋縄《ひとすじなわ》ではいかない女なのだという人物像である。

これは正しかったのだろうか？　それとも、間違っていたのだろうか？

十津川は、改めて、小田あかりの経歴を調べ直すことにした。

刑事たちが、そのために、動員され、歩き廻《まわ》ることになった。

簡単な経歴は、すでに、調べてある。

小田あかりは、九州の久留米《くるめ》で生れ、小学校、中学校、高校と、地元の学校を出たあと、東京の大学に入った。

O大学の英文科を出たあと、大原鉄鋼に入社。一年後に、企画部長秘書となる。

ミス・ビジネス街に選ばれたことがある。

問題は、その間に、小田あかりが、どんな生き方をしたかということになる。

久留米時代のことも、福岡県警に依頼せず、十津川は、西本と日下《くさか》の二人の刑事を、調べに、派遣した。

大学時代のことは、十津川と、亀井が、調べることにした。

十津川たちは、O大学の彼女のクラスメイト二十五人に、会った。

この二十五人の中には、学生時代、特に、彼女と親しかった三人も、含まれていた。

大学時代の小田あかりは、物静かで、目立たない存在だったという。

「だから、OLになってからの彼女の変り方に、驚いているんです」

と親友だった一人が、十津川に、いった。もう一人が、同感だというように、

「部長秘書になったでしょう。あの大人しいあかりに、そんな仕事が勤まるのかなと思ったわ。確かに、美人だけど、大人しすぎるから。今度、銀座に、ブティックを開いたと知って、ますます、驚いているんです」

「卒業後も、つき合っていたんですか？」

十津川は、三人の顔を見廻した。

「つき合ってましたけど——」

一人が、急に、あいまいないい方になった。十津川は、何かあると思って、

「途中で、つき合わなくなったということですか？」

「ええ。急に、彼女の方で、私たちを、避けるようになったんですわ」

「そうなんです」

と、二人がいう。

「いつ頃から、小田あかりさんは、あなた方を、避けるように、なったんですか？」

「いつだったかしら。彼女が、部長秘書になった頃からじゃない？」

一人が、そういって、他の二人を見た。

「そうよ。その頃だわ」

「だから、腹が立つのよ。部長秘書になったんで、まるで、自分まで偉くなったみたいに思ってるんじゃないかって」

「彼女は、そういう性格だったんですか？　ちょっと偉くなると、それを鼻にかけて、昔の友だちと、つき合わなくなるような性格だった——」

「違いますよ。謙虚で、人の好いところがあったんです。だから、余計に、腹が立ったんです。OLになって、人が変ってしまったのかと思って」

「それでは、彼女が、部長秘書になってからは、会うことが、なかったんですか？」

と、亀井が、聞いた。

「時々、電話をして、誘っても、彼女、出て来ないんです」

「会っても、ぜんぜん、楽しそうじゃなかったわ」

「私たちの話に、のって来なかったわね」

「君たちは、部長の原口という人に、会ったことがありますか？」

と、十津川が、聞いてみた。

「あかりと一緒に歩いてるのを見たことがありますわ」

と、一人が、いった。

「どんな印象だったね？」

亀井が、聞く。相手は、ちょっと考えてから、

「違うなと思いましたわ」

5

「違うというのは、どういうことですか？」

十津川が、首をかしげて、聞いた。相手のいい方が、おかしかったからである。

「あかりの理想の男性というのを、聞いたことがあるんですけど、あの部長さんとは、ずいぶん、違っていたんです」

「しかし、原口部長は、地位もあるし、ハンサムですよ」

「そうですけど」

「原口部長が、既婚者だからですか？」

「そうじゃありませんわ。私たち四人で、よく、自分の理想の男性について、話をしたことがあるんです。そんな時、あかりは、いつも、こういっていました。派手な男性は好きじゃない。地味で、優《やさ》しい人がいいって。だから、あの部長さんを見た時は、全く違うタイプだなと、思ったんです」

「しかし、好みというのは、変るものじゃありませんか？　学生から、ＯＬになってしまうと、なおさら」

と、十津川は、いった。

十津川自身も、若い時と、今とでは、人間を見る眼が、違って来ているのを、感じることがある。

「そうかも知れないけど、違い過ぎなんです」

「彼女が、ＯＬになってからも、時々は、会っていたんですか？」

「あかりが、部長秘書になるまでは、よく会っていたんです。同じＯＬ一年生だったし、会っては、食事を一緒にしたり、職場の悪口をいったり――」

「その時にも、あかりさんは、どんな男性が好きか、いっていましたか？」

「ええ。そういう話題も楽しかったから」

「彼女の理想の男性像は、変っていなかった――？」

「ええ。変っていませんでしたわ」

と、一人がいった。あとの二人も、肯《うなず》いていたが、その片方が、

「あかりは、あの頃、好きな男性が、できてたんじゃないかしら？」

と、いった。

「それ、本当ですか？」

「そう思うんです」

「なぜです？　相手の男を、見たんですか？」

「いいえ」

「じゃあ、どうして？」

「勘なんです。それに、彼女の話が、何か具体的になっているような気がしたんです」

「どんな風にですか？」

「相変らず、地味で、優しい人がいいって、いってたんですけど、それにつけ加えて、背の高さは、一七五センチくらいがいいとか、きょうだいがいてもいいとか、いい出したんです」

「そういえば、私も、聞いたわ」

「私も」

と、他の二人も、いった。

「すると、彼女の相手は、身長一七五センチで、きょうだいがいる男だというわけですね？」

「ええ。前は、具体的に背の高さとか、きょうだいがいるかどうかなんて、何も、いってなかったんですわ。背の高さなんて、どうでもいいと、いってたんです」

「しかし、原口部長も、一七五センチぐらいじゃないかな」

亀井が口を挟《はさ》んだ。

「しかし、原口には、きょうだいはいないんじゃないか？」

十津川が、考えながら、いった。

「そうですね。彼には、きょうだいは、いませんでした」

「間違いなく、あかりさんは、相手に、きょうだいがいてもいいと、いったんですね？」

十津川は、彼女たちに、念を押した。

「ええ。彼女に聞きましたわ」

「すると、あかりさんには、恋人がいたことになりますが、なぜ、結婚しなかったんでしょうね？」

十津川が、聞いた。

「わからないわ。彼女に、聞いてみたいと思ったんですけど、その頃には、私たちに、会ってくれなくなってしまったんですよ」

「そして、一年で、彼女は部長秘書になったんですね？」

「ええ」

「その幻の恋人ですがね、何か、知りませんか？　名前とか、どんな仕事をしていたのか、今は、どこにいるのか、どんなことでも、いいんですがね」

十津川が、聞くと、三人は、顔を見合せて、小声で、話し合ったりしていたが、

「残念ですけど、わかりませんわ」

と、一人が、いった。

6

十津川は、今度は、大原鉄鋼時代のＯＬ仲間に、当ってみることにした。

現在も彼女たちは、大原鉄鋼で働いているので、口が、重かった。それに、棚橋課長が殺されたりしているので、会社から、箝口令《かんこうれい》が、敷かれているようだった。

そこで、十津川は、最近、大原鉄鋼を辞《や》めたＯＬに、照準を合わせることにした。

最近一年間に、大原鉄鋼を辞めたＯＬは、七人だった。

十津川たちは、その一人一人に会って、話を聞いたが、企画部以外の女性は、当然のことながら、小田あかりの恋人について、知らなかった。

企画部にいたＯＬ二人には、特別に、捜査本部に、来て貰《もら》った。

結婚して、子供が一人いる折原優子《おりはらゆうこ》と、ＯＬを辞め、現在、父親の仕事、レストランの手伝いをしている金子《かねこ》まさみである。

十津川は、小田あかりに、恋人がいたらしいという話をしてから、

「名前はわからないんですが、身長一七五センチで、きょうだいのいる男性らしいんですがね」

と、いうと、年輩で、落ち着きの見える折原優子が、

「なぜ、きょうだいのあることが、強調されますの？」

と、聞き返した。

「私にも、わからないんですが、本人が、きょうだいがあってもいいと、いっていたというのですよ」

「じゃあ、彼のことかな」

と、二十八歳の金子まさみが、呟《つぶや》いた。

「それらしい男が、いたんですか？」

「ええ。彼女がね。身体の不自由な妹さんのいる男の人のことを、話してくれたこと

があるんですよ」

「小田あかりさんが、部長秘書になる前ですか？」

「ええ。秘書になってからは、ほとんど、話をしてませんわ」

「その話を、くわしく話してくれませんか」

「確か、大原鉄鋼と取引のある会社の人だと思うんです。名前は、確か、内藤《ないとう》さんだったと思いますわ」

「内藤さんなら、知ってるわ」

と、優子が、眼を輝かせた。

「その人のことを、話して下さい」

十津川は、優子に、眼を向けた。

「内藤鉄工という小さな会社があるんです。町工場といった方がいいかも知れませんわ。その工場が、若い社長さんで、妹さんが、足が不自由だったと思うんです」

「今、どうなっているか、わかりますか？」

「いいえ、わかりませんけど」

と、優子は、首を振った。

二人を帰したあと、十津川は、内藤鉄工という会社を、調べてみた。

確かに、大原鉄鋼の下請《したうけ》会社に、内藤鉄工という会社があった。

十津川は、大原鉄鋼に、電話を入れてみた。

「前には、取引がありましたが、今は、内藤鉄工とは、何もありません」

と、そっけない返事が、戻って来た。

「どうしてですか？」

「向うの社長さんが、亡くなって、工場も閉鎖されてしまったからですよ」

「亡くなった？　病気ですか？」

「いや、自殺です」

「なぜ、自殺を？」

「そんなことは、こちらでは、わかりませんね」

また、そっけない返事が、返って来た。

十津川は、ますます、この会社のことを、調べる必要を感じた。

その結果、いくつかのことが、わかった。

内藤鉄工。社長は、内藤という二十九歳の男だった。

従業員わずか五人の小さな町工場である。

典型的な下請会社で、大原鉄鋼だけの仕事をやっていた。

家族は、六十四歳の母親と、車椅子《いす》の妹がいた。内藤要《かなめ》が、自殺したのは、事実だった。工場は閉鎖され、残された母親と、妹の消息は摑《つか》めないということだった。

自殺した内藤は、身長一七五センチで、痩《や》せがたである。

十津川は、亀井と二人、閉鎖された工場を見にいった。

池袋《いけぶくろ》にある小さな工場である。今は、取り壊されて、マンションが、建てられようとしていた。

十津川たちは、近くの商店などで、母親と妹の行方を、聞いて廻《まわ》った。

「郷里の静岡に帰ったと聞いていますよ」

と、いう人が多かった。

「内藤さんが、どうして自殺したか、ご存知ありませんか？」

という質問もしてみた。

「好きだった女性に、裏切られたせいだと、聞いたことがありました」

と、一人がいった。

第十一章　最後の賭け

1

原口企画部長と、小田あかりの間に、一人の青年がいたことが、わかった。事態が、少し変化した。

あかりと、原口が、部長と秘書の通俗的な男女関係にあって、原口が、彼女を捨てたことへの彼女の復讐《ふくしゅう》という図式も、間違っていたようだし、だからといって、二人が組んで、邪魔者を消したという推理も、違っているような気がしてきた。

小田あかりの立場や、行動は、もう少し、複雑なような気がする。

十津川は、なおも、内藤要の自殺について、聞き込みを進めていった。

内藤が、恋人に裏切られたために、自殺したらしいという声は、一人からだけではなく、彼を知る何人かから、聞くことが、できた。

恋人というのは、もちろん、小田あかりのことだろう。

あかりが、内藤を捨てて、原口に走ったということなのだろうか？　もし、そうだとすると、内藤の存在は、今度の事件にとって、単なる余分なものに過ぎなくなってしまう。

恋人を振って、企画部長の原口に走った小田あかりが、因果はめぐるで、その原口に捨てられたか、あかりが、原口と仲良く芝居をして、邪魔者を消したことになって、推理そのものは、変らないのだ。

小田あかりは、その時、本当に、恋人の内藤を裏切ったのだろうか？

裏切ったという話が聞かれる一方で、二人は、似合いのカップルだったという声も、聞かれるのだ。

あかりが、部長秘書になり、それで、舞いあがってしまい、下請《したうけ》工場の社長の内藤を振ったというのでもなかった。あかりが、部長秘書になったのは、内藤が自殺したあとだからである。

それに関連して、ＯＬの小田あかりが、同僚の一人に、結婚する時は、会社を辞《や》めると話をしていたことが、わかった。

その同僚はすでに、大原鉄鋼を辞めているのだが、

「じゃあ、もう、決ったのと、彼女に聞いたことがあるんですよ」

と、可愛らしい赤ちゃんを抱いた恰好《かっこう》で、十津川に、いった。

「そしたら、ちょっと、恥しそうな顔をして、肯《うなず》いていたんですよ。それなのに、い

つまでたっても、結婚する気配はないし、そのうちに、部長秘書になってしまったし、私の方が、先に、結婚して、あの会社を、辞めてしまったんです」

「部長秘書の椅子《いす》は、部長の原口さんが、あかりさんを気に入って、抜擢《ばってき》したんですかね？」

「ええ。原口さんて、美人の新入社員が入ってくると、狙《ねら》いをつけておいて、秘書にするんですわ。ああいう会社だから、そんなことが、許されるんでしょうけど」

「彼女の方も、秘書になることを、望んでいたんですかね？」

「あかりさん本人に、お聞きになれば、わかると思いますけど」

「彼女、本当のことを、喋《しゃべ》ってくれませんのでね」

十津川がいうと、相手は軽く肯いて、

「そうね。彼女、部長秘書になってから、あんまり、私と喋らなくなってしまいましたわ」

「もう一度、聞きますが、彼女の方も、秘書になりたかったんですかね？」

「私の知っている限りでは、あの頃の彼女は、結婚することの方に、熱心だったと思いますわ。彼女、そわそわしていたから」

「その話の相手を、知っていましたか？」

「内藤さんという下請《したうけ》会社の社長さんだったんでしょ？」

「そうです。自殺したことも、知っていましたか？」

「ええ。ちょっとしたニュースでしたもの。でも、彼女の恋人だったことを知っている人は、少かったと思いましたけど」

「その内藤さんですがね、恋人に裏切られたといって、自殺したというんですよ。どう思いますか？」

十津川が、聞くと、「え？」という顔で、

「そんなの、初耳ですわ。彼女は、そんな人じゃありませんわ。内藤鉄工は、不良品が多過ぎるということで、大原鉄鋼が、取引を停止したので、潰《つぶ》れたと聞いていますわ」

「不良品をですか？」

「ええ。そんな工場には、見えなかったんですけど」

「内藤さんが、自殺した時の彼女の様子は、どうでした？」

「それが、その直後、彼女は、一週間ほど、休暇をとって、海外旅行に行ったんです。私は、内藤さんのことを知ってましたから、傷心旅行かなと思ってましたけど。秘書になったのは、その旅行から、帰って来てすぐですわ」

「なるほど」

「本当なんですか？　内藤さんの自殺の原因が、彼女の裏切りにあったってことですけど」

「内藤さんの周辺の人は、そういってますね」

「彼女をよく知っている人は、事業の失敗だと思ってましたわ。経営努力をおこたったんだから仕方がないっていう人もいましたわ」

「しかし、親会社の大原鉄鋼が、取引を停止したから、潰れたんでしょう？」

「ええ。でも、納入する製品が、不良品ばかりなら、取引を停止されても、仕方がありませんわ」

「そういったのは、誰なんですか？」

「誰だって、みんな、そういってましたわ」

と、相手は、いった。

2

本当に、そうだったのだろうか？

内藤鉄工は、三十年近く、大原鉄鋼の下請《したうけ》をやっていた。自殺した内藤要の親の代からだという。

内藤のことを、よく知っている人たちは、そんなことは、あり得ないと、強く反撥《はんぱつ》した。

「内藤さんは、親会社の要望に応じて、借金して、新しい機械を入れて、がんばっていたんですよ。それなのに、不良品ばかりだから、取引を停止したなんていうのは、おかしいんじゃないですか？　それじゃあ、内藤さんが、浮ばれませんよ」

と、内藤の古くからの友人だという、近くの喫茶店の経営者が、息まいた。

「しかし、仕事が、うまくいってなかったことは、事実なんでしょう？」

と、十津川は、聞いた。

足立《あだち》という、その男の店の中での会話だった。

「彼が苦しんでいたことは、知っていましたよ。しかし、今は、どこでも、不況ですからね。そういう意味だと思っていましたね。彼は、苦しさを、あまり、口にしない男でしたからね。だから、自殺したのは、あの女が、裏切ったからだと、思っていましたよ」

「彼女を、知っているんですか？」

「ええ。この店へ、二人で来たことが、何回か、ありましたからね」

「そうですか。ここへ来ていたんですか」

「美人で、優《やさ》しい女性に見えたんですがねえ」

足立は溜息《ためいき》をついた。

「二人は、結婚するように、見えましたか？」

と、亀井が、聞いた。

「そりゃあ、一緒になると思いましたよ。似合いのカップルに見えたし、彼の方が、参っているように見えましたね。結婚しても、コーヒーを飲みに来てくれって、いってたくらいなんですよ。女って、わからないもんですねえ」

「彼女が、その後、部長秘書になったのを、知っていますか？」

「いや、知りません。知りたくも、ありませんからね」

「じゃあ、内藤さんが、自殺したあと、彼女には、会っていないんですね？」

「ええ。ただ、彼女を見たという人は、いるんです」

「どこでですか？」

「内藤さんが自殺して、あの工場が潰《つぶ》れて、母親と妹さんは、郷里に帰ってしまったでしょう。そのあとで、工場の前に、じっと立っている若い女を見たという奴がいるんです。どうも、それが、彼女らしいんですがね」

「なぜ、彼女は、そんなことをしていたんですかね？」

「さあ、わかりませんね。少しは、気が咎《とが》めたんじゃありませんか」

「内藤さんの母親と妹さんですが、郷里へ帰ったといいましたね。郷里は、静岡でしたね？」

「ええ。でも、よほど、内藤さんの自殺がショックだったんでしょうね。仲間の一人が、静岡へ行ったんですが、会えなかったと、いっていますよ」

「妹さんは、足が、不自由だと、聞いていますが」

「ええ。ずっと、車椅子《いす》でしたが、明るくて、元気な娘でしたね。しかし、お兄さんの自殺で、参ったろうと思いますね」

「小田あかりさんは、その妹さんと、会っているんでしょうね？」

「もちろん、会ってますよ。加代子《かよこ》ちゃんというのは、妹さんですがね。お兄さんに素敵なお嫁さんが来るといって、喜んでいたんですよ。だから、あの女は、内藤さんだけでなく、加代子ちゃんまで、裏切ったことになるんですよ。加代子ちゃんにしてみれば、自分が、こんな身体だから、彼女が、お兄さんを振ったと思ったでしょうしね。殺生ですよ。僕だって、大事な友人を失ってしまった」

と、足立は、いった。

内藤の死について、二つの見方があるのが、わかった。

内藤の周囲の人間は、恋人の小田あかりに裏切られて自殺したのだと見ているし、大原鉄鋼の人間は、不良品が多いので、親会社の大原鉄鋼から取引を停止されたのが原因だと思っている。

（そう思わせている人間がいるに違いない）

と、十津川は、思った。

二つの見方があるということは、多分、どちらも、事実で、どちらも嘘《うそ》なのだ。そして、それを、操作した人間があるのだと、十津川は、思う。

それをできるのは、三人しかいない。

当事者の二人、内藤と、小田あかりなら、できるだろう。しかし、自殺した内藤が、そんな小細工をするとは思われない。

小田あかりも、考えられない。自分が、悪人になる真似《まね》はしないだろう。

この二人は、考えてみれば、利益は得ていないのである。小田あかりは、部長秘書にはなったが、内藤要の家族や、彼の周囲の人間に、憎まれている。

だから、どうしても、三人目の人間の存在が、考えられてしまうのだ。

それは、もちろん、企画部長の原口である。

彼なら、二つの見方ができるように、操作することは、可能だったろう。

原口は、小田あかりの上司だし、大原鉄鋼の実力者だからだ。製品の不良を口実に、内藤鉄工の取引を停止し、倒産に追い込むこともできたろうし、彼女が、内藤を裏切ったように見せかけることも、可能だったろう。

「もし、原口が、彼女を手に入れるために、そんな小細工をしたとすると、それが、会社の一連の事件に、どう関係して来ますかね？」

と、亀井が、十津川に聞いた。

「それは、小田あかりが、どう思っているかによるね」

「もし、彼女が、死んだ内藤のことを、今でも忘れられないでいるとして、また、彼を自殺に追い込んだのが、原口だと知っているとしてだが、原口と彼女が、共謀して、棚橋課長や運転手を殺したという線は崩れるだろうね」

「彼女が、心変りしたということは、考えられませんか？」

「というと？」

「女心と何とかというじゃありませんか。内藤が、自殺した時は、ショックを受けたが、一週間、海外旅行をして帰って来たら、部長秘書の椅子《いす》が待っていた。海外旅行も、多分、原口が、金を出したんじゃありませんかねえ。それに満足してしまって、昔の恋人のことは、忘れてしまったということも、考えられますよ。原口は、彼女に、ぜいたくをさせたと、思いますから」

「確かに、その可能性はあるがね」

「もし、そうなら、原口と共謀してという線が、生きてくるんじゃありませんか？」

「それは、間もなく、わかるよ」

十津川は、自信を持って、いった。

「そうでしょうか？」

亀井は、わからないという顔で、いった。

「ああ、わかるよ。今、小田あかりは、原口から大金を出させて、銀座にブティックを始めた。もし、自殺した内藤のことを、もう忘れてしまっているのなら、この状態に満足して、もう何もしないだろうと思う。大阪府警に逮捕され、起訴されたカメラマンの古賀のことなど、忘れてしまっていると思うよ。何の痛みも感じない筈《はず》だ」

「そうでしょうね」

「しかし、彼女が、今でも、亡くなった恋人を思う気持があったなら、原口の金で出したブティックの主人で満足している筈がない。きっと、何かする筈だよ」

「何をするでしょうか？」

「さあね。内藤を自殺に追いやったのが、原口だと思っているとしたら、きっと最後に、原口を殺そうとする筈だ」

「しかし、そうだとすると、今までの一連の事件は、いったい、何だったんですかね？」

「さあ、何だったんだろう？ 私にも、それが、わからないんだが、あかりが、何か行動を起こせば、その理由が、わかるかも知れんよ」

「行動を起こしますか？」

「私は、起こす方に、賭《か》けているんだがねえ」

と、十津川は、いった。

「どうしますか？　監視を強化しますか？」

と、亀井が、聞く。

「それを、今、考えているんだがね。カメさんの意見も、聞きたい。私はね、小田あかりがブティックをやって、満足しているとは思わない。最後に、原口に対して、何らかの行動に出ると思っている。それが、また、今度の事件の解決につながると、思っているんだよ。だが、われわれが、監視を強めたら、彼女は行動を起こさないかも知れない。カメさんは、どう思うね。われわれが、監視しているように見せておいた方が、いいと思うかね？」

十津川が、聞くと、亀井は、「そうですねえ」と、しばらく考えていた。

「今のままでは、壁にぶつかったままです。小田あかりの本当の気持も、わかりません。それを考えると油断させて、小田あかりに、動いて貰《もら》った方が、いいと思いますがねえ」

「私も、実は、そう思っているんだ」

と、十津川は、微笑した。

十津川は、上司とも相談して、小田あかりにつけていた監視を、解くことにした。正確にいえば、もっと遠くから、監視することにしたのである。

原口の方も、同様だった。

この二人が、どんな動きを見せるか、遠くから見張ることにしたのである。

その効果が、出たのかも知れない。

小田あかりの最初の行動が、十津川の耳に届いた。

銀座のブティックの店を、内藤の妹に譲る書類にサインしたという噂《うわさ》である。

3

十津川は、その真偽を確かめる必要を感じた。

銀座の店を訪ねてみたが、肝心《かんじん》のあかりの姿はなかった。

十津川と、亀井は、静岡に飛んだ。

前もって、静岡県警に、内藤の妹と、母親の居所を調べておいてくれるように頼んでおいたので、静岡駅に着くと、県警の辻《つじ》という刑事が、迎えに来てくれていた。

「内藤親娘《おやこ》の家が、わかりました」

と、辻刑事は、二人を、パトカーに案内しながら、いった。

町から離れた農家を借りて、ひっそりと、暮しているという。

車で、一時間以上、かかる場所らしい。

「居場所が、わかってしまうと、借金取りが押しかけて来る。それを、怖《こわ》がっていますね」

と、辻は、パトカーを運転しながら、十津川たちに、いった。

「最近、東京の小田あかりという女性から、内藤親娘に、大金が贈られたということは、聞いていませんか？」

十津川が、聞いた。

「聞いていませんね。あの親娘は、口が、かたいですから」

と、辻は、いった。

車は、静岡の市街を離れ、山あいに入って行った。

着いたのは、過疎の農村地帯である。

家族揃《そろ》って、都会に出てしまったという、無人の農家も、何軒かあった。

逆に、その農家を、別荘に使っているという東京の人間も、いたりする。

内藤親娘は、そんな一軒に、ひっそりと、住んでいた。

東京から、この山奥に、引き籠《こも》ったということで、人間嫌いの、偏屈《へんくつ》な親娘を想像していたのだが、実際に会ってみると、意外に明るいので、十津川は、ほっとした。

車椅子《いす》の娘の方も、広い庭に出て、犬と遊んでいた。

加代子という名前の二十六歳の娘は、人なつかしさと、警戒心の入り混った眼で、十津川たちを迎えた。

亀井が、家の中にいる母親と話をしている間、十津川は、陽《ひ》の当る庭の隅で、加代子と話をした。

「小田あかりさんの話をしたくて、東京から、やって来ました」

と、十津川は、いった。

加代子は、膝《ひざ》の上に、可愛い仔犬《こいぬ》を抱きかかえた恰好《かっこう》で、「ええ」と、肯《うなず》いた。

「彼女は、あなたのお兄さんと、結婚する筈《はず》でしたね？」

「ええ。兄も、その気でしたわ。私も、母も、あかりさんが、兄と結婚してくれたらいいと、思っていたんです」

「今も、あかりさんとは、連絡がありますか？」

十津川が、聞くと、加代子は、警戒の色を見せて、

「あかりさんが、何か、悪いことをしたんですか？」

「いや、そんなことは、ありません」

「でも、それなら、なぜ、東京の刑事さんが、あかりさんのことを聞きに、いらっしゃったんですか？」

「彼女は、あくまでも、ある事件の参考人なんです。今のところ、逮捕する気はありません」

と、十津川は、いった。

加代子は、ほっとした顔になって、

「そうですか」

「もう一度、聞きますが、小田あかりさんとは、今でも、連絡があるんじゃありませんか？」

十津川が、重ねて聞くと、加代子は、しばらく、考えてから、

「ええ」

「彼女は、銀座に、立派なブティックを開いていますが、その店を、あなたに、譲ったという噂《うわさ》を聞いたんですが、それは、本当ですか？」

「――――」

「もし、彼女に口止めされているのだとしたら、ぜひ、それを破って、話してくれませんか。ひょっとすると、彼女は死ぬかも知れないんですよ」

「それ、本当ですか？」

加代子の顔が、蒼《あお》くなった。

仔犬《こいぬ》が、彼女の膝《ひざ》から飛び降りて、走って行った。

「本当です」

と、十津川は、いった。

また、加代子は、考え込んでいたが、

「昨日、あかりさんが、来ました」

「そうですか。それで、どんな話をしたんですか?」

「銀座のお店の権利書なんかを持って来て、私に、譲って下さると、いうんです」

「やっぱり、そうですか」

「私、お断わりしたんですけど」

「彼女は、書類を無理に、置いて行ったんですか?」

「そうなんです。他にすることができて、どうしても、あの店は、加代ちゃんに、やって貰《もら》いたいと、いって」

「何をすると、いっていました?」

「それを、聞いてみたんですけど、教えてくれませんでした」

4

「想像は、つきませんか?」

と、十津川は、聞いた。

「ええ。わかりませんわ」

「大原鉄鋼の棚橋という課長が、殺されたりした事件は、知っていますか?」

「ええ。新聞で、見ましたわ」

「その件で、小田あかりさんと、話をしたことは、ありませんか？」

「いいえ。そういう話をしたことは、ないんです」

「昨日、彼女が来た時のことですが、どんな様子でしたか？　いつもの彼女と、違っていましたか？」

「いつもの通り、にこにこしていました、けど」

「けど、何ですか？」

「何か、決心したことがあるみたいでしたわ。銀座のブティックを下さるという話でも、もう決めたことだからといって、怖《こわ》い顔をなさるんです」

「怖い顔をねえ」

「それに、もう、弁護士さんが、手続きをしているとも、いうんです」

「身辺を整理しているということですかね？」

「私には、わかりませんわ」

と、加代子は、いった。何か、あかりに、口止めされている気配が、ないでもなかった。

亀井が、母屋から出て来た。

十津川は、亀井を、離れた場所へ、連れて行った。

「小田あかりが、昨日、ここへ来たそうですよ」

と、亀井が、いった。

「それは、内藤加代子から、聞いたよ。やはり、彼女は、ブティックを、譲る気らしい」

「そのことですが、足の悪い加代子は、昔から、ブティックをやるのが、夢だったようです。ＯＬには、なれないので」

「なるほどね。小田あかりは、当然、それを知っていたわけだ」

「昨日の小田あかりの様子を、母親に、しつこく聞いてみたんですが、あいまいな返事しか、返って来ませんでした」

亀井が、残念そうに、いった。

「加代子の方も、同じだよ。あかりは、何か決心しているみたいだったとは、いっているがね。具体的なことは、わからないといってるんだ」

十津川は、庭にいる車椅子《いす》の加代子に、眼をやった。

母親が、母屋から出て来て、彼女と、何か話をしている。

「本当に、知らないんでしょうか？」

亀井が、聞く。

「いや、何か知っていると思うね。だが、あかりに、口止めされているんだろう」

「小田あかりは、折角、手に入れたブティックを、内藤加代子に譲ったとなると、最初から、その気だったんですかねえ？」

「今から考えると、彼女は、最初から、そのつもりで、ブティックを開いたのかも知れないね」

「現金を、内藤加代子に渡す方法もあったと思いますが」

「それでは、あの母娘が、受け取らないと思ったんだろう」

「問題はこれから、小田あかりが、何をする気でいるかということですね」

「身辺を整理したとすると、相当な決心ということになるんだが――」

十津川は、語尾を濁《にご》した。

よくわからないからではなくて、シビアなことが、頭に浮んだからである。

「原口を、やる気でしょうか？」

亀井も、緊張した顔で、十津川を見た。

「多分ね」

「早く東京に戻らないと、止められないかも知れませんね」

「まだ、時間は、あると、思っているよ」

「しかし――」

「今、銀座の店の権利を、内藤加代子に移す手続きを、弁護士にやらせているところだと思う。それがすまないうちに、事件を起こしてしまって、手続きが、駄目になってしまったら、目的が、達せられないことになる。だから、今、すぐには、やらないと思うね」

と、十津川は、いった。

しかし、事態は、切迫していると、見ていいだろう。

十津川と、亀井は、辻刑事に頼み、パトカーで、静岡駅に送って貰《もら》い、東京行の新幹線に、乗った。

5

東京に着いた時は、雨が、降っていた。

小雨である。

その足で、十津川と、亀井は、銀座の小田あかりのブティックに、廻《まわ》った。

店は開いていたが、小田あかりの姿はなかった。

奥では、弁護士が、書類を見ていた。

「小田あかりさんは、今、どこにいるんですか？」

と、十津川は、聞いてみた。

弁護士は、顔をあげ、じろりと、十津川を見、亀井を見た。

「わかりませんね」

「本当に、わからないんですか？」

「わかりませんよ。少し疲れたので、しばらく、温泉にでも行って、身体を休めてくるとは、いっていましたがね」

「温泉ですか？」

「そうです」

「どこの温泉かは、わからんのですか？」

「わかりませんね。私は弁護士であって、マネージャーじゃありませんからね」

弁護士は、肩をすくめるようにした。

「今、何をしているんですか？　この店の権利を、内藤加代子さんに譲る手続きをしているんですか？」

「それは、お答えする必要はないと、思いますがね」

弁護士が、無表情にいう。

亀井が、腹を立てて、

「こっちは、殺人事件に関係するかも知れないから、聞いているんだ！」

と、怒鳴った。

「関係があるとなれば、お答えしますよ」

弁護士は、あくまで、冷静な口調で、いった。

「弁護士さん」

と、十津川は、じっと、相手の顔を見つめて、

「われわれの推理が正しければ、小田あかりさんは、身辺を整理して、ある男を殺しに出かける筈《はず》です。われわれとしては、どうしても、それを、止めなければならないんですよ。弁護士のあなたとしても、その点は、同じだと思いますがね」

「そんな話は、聞いていませんよ。今も、いったように、しばらく、温泉で、身体を休めたいということは、聞いていますがね」

「この店の譲渡のことは、事実なんでしょう？」

十津川が、もう一度、聞くと、今度は、弁護士が、生真面目《きまじめ》に、考えてから、

「それは、おっしゃる通りです」

「内藤加代子さんに、この店を、譲るわけですね？」

「そうです」

「あなたに、その手続きを頼む時、小田あかりさんは、何か、いいませんでしたか？」

「何かというと？」

「理由を、いったと思うんですがね。どうですか？　何しろ一億円以上するわけですからね。それを、あっさり、譲渡してしまうわけだから、あなただって、理由を、聞

いたと思いますがね」

「いや、私は、ただ、依頼主のいう通りに、手続きするだけですよ。それについて、あれこれ、理由を聞くことは、しませんね」

「もう一度、聞きますが、本当に、小田あかりさんの行方を、知らないんですか？」

「ええ。知りません」

「しかし、彼女の方から、連絡してくることは、あると思いますがね」

「そうでしょうか。しばらく、温泉で、身体を休めてくると、いっていましたがね」

「必ず、連絡して来ます。彼女は、この店の譲渡手続きが、いつすむか、それを、気にしていると、思いますからね」

十津川が、いうと、弁護士は、また、ちょっと考えていたが、

「それについてですが、気になることがあるんですがね」

「どんなことですか？」

「実は、この店の権利を、内藤加代子さんに譲ることを、頼まれた時ですがね。万一、自分に、何かあっても、手続きは、そのまま、すすめてくれと、いわれたんですよ」

「何かあっても――？」

「そうなんです。気になりましてね。どういうことですかと、聞いたんですよ」

「そうしたら？」

「いや、何でもない。気にしないで下さいと、いわれましたがね。そのあとで、とにかく、その手続きを、ちゃんとやって欲しいと、念を押されましたがね」

「カメさん」

と、十津川は、難しい顔になって、亀井を、店の外へ連れ出した。

「小田あかりは、店の譲渡が、すまないうちに、何かやるかも知れないな」

「そのようですね」

「時間があると思っていたが、違っていたのかも知れない」

「しかし、彼女の行方が、わからないと、手が、打てませんよ」

「相手は、原口だ。原口の方の監視は？」

「やっていますが、相手は、大会社の部長ですから、完全な監視は、難しいと、思います」

「どこで、何をする気なのかが、わかればいいんだが」

「多分、原口を、どこかへ誘い出して、殺す気だろうと思いますが」

と、亀井が、いった。

捜査本部に戻ると、大阪府警から、電話が入った。

第十二章　終局への戦い

1

「一時間くらい前に、妙な電話がありましてね」

と、大阪府警の警部が、十津川に、電話でいった。

「どんな電話ですか？」

「女の声で、私は、小田あかりだといいましてね。ブルートレイン『はやぶさ』の中で、自分に、農薬を飲ませたのは、カメラマンの古賀ではない。今まで、嘘《うそ》をついていた。許して下さいというんですよ。詳細は、あとから手紙に書いて送るから、一刻も早く、古賀さんを釈放して欲しいというんです。今頃《いまごろ》になって、突然、犯人は違うといわれても困るし、第一、小田あかり本人かどうかも、わかりませんしね」

相手の声には、明らかに、当惑のひびきがあった。

「多分、それは、小田あかり本人ですよ」

と、十津川は、いった。確信があった。小田あかりは身辺を整理しているが、その電話も、その一つに違いないと思ったのだ。

「しかし、古賀は、もう、起訴してしまってるんですよ。今更、あれは犯人じゃないといわれても困りますよ」

「そうでしょうが、小田あかりの電話は、事実ですよ」

「しかし、なぜ、彼女は、嘘《うそ》をついたんですかね？　他人《ひと》を殺人未遂の罪に落とすわけでしょう。普通なら、そんなことで、嘘はつかんものですよ」

「それは、きっと、手紙にくわしく書いてありますよ」

と、十津川は、いった。

電話が切れると十津川は、亀井に、今の話を伝えた。

「小田あかりは、着々と、身辺整理をしているみたいだよ」

と、十津川は、いった。

「彼女は、最初から、こんな風にするつもりだったんですかね？」

「こんな風にというと？」

「ブルートレイン『はやぶさ』の中でのことや、ブティックのことです。彼女に、列車内で、農薬を飲ませたのは、私は、原口だと思うんです。ところが、彼女は、その時、たまたま、同じロビー・カーにいた古賀を犯人だといって、逮捕させました。そのあとは、原口と一緒になって、棚橋課長を殺したり、原口をゆすって、大金を出させて、ブティックを始めたりしました。それが、すべて、計算ずくだったんでしょうか？」

亀井が、首をかしげて、十津川を見た。

「すべてが、計算ずくだったかどうかは、わからない。ただ、小田あかりは、恋人の内藤要を自殺に追い込んだ原口を、憎んでいたことは、間違いない。それに、身体の不自由な内藤の妹の将来を心配していたことも、確かだと思うね。ブティックをやりたいと思っている内藤加代子のために、何かしてやりたいとも考えていたんだろう。あかりは、原口の秘密を握って、彼をゆすった。その秘密というのは、多分、経理部長殺しのことだと思う。原口は、金を出す代りに、アメリカにいるというアリバイを使い、ブルートレイン『はやぶさ』で、帰郷する小田あかりに、農薬を飲ませたんだ」

「そこまでは、私にも、わかりますが」

「原口に、毒を飲まされたといえば、原口は逮捕される。刑務所に放り込めるだろうが、それでは、彼をゆすって、大金を手に入れることはできない。そこで、とっさに、嘘《うそ》をついた。古賀のことは、あとで、嘘をついたといえば、釈放されるだろうと、考えたんだと思うね。そうやって、あかりは、原口に、恩を売り、接近したんだ」

「しかし、なぜ、棚橋課長を殺したんでしょうか？　原口にとって、棚橋課長や、小林運転手は、自分の秘密を握る人間だから、消したいわけです。そして、口封じをしたわけですが、棚橋を毒殺したのは、明らかに、若い女、つまり、小田あかりです。いくら、原口に大金を出させるためとはいっても、棚橋を殺すというのは、どうも、わからないんですよ。自殺した恋人の妹に、ブティックを贈るような優《やさ》しい女がです」

「そうだね。私も、そこのところが、不思議なんだ。とにかく、小田あかり本人を見つけて、聞いてみれば、わかるだろう」

「やはり、彼女が狙《ねら》っているのは、原口部長でしょうか？」

「他に考えられないよ」

「原口が、列車の中で、農薬を飲まされた事件がありましたが、それは、小田あかりがやったと思われますか？」

「いや、あれは、原口の芝居だと思っている。小田あかりはブティックを開き、それを、内藤加代子に譲ってから、原口を殺す気でいたんだ。だから、その前に、原口を、毒殺したりはしないよ。原口の芝居さ。われわれの疑いを、他に向けるためのね」

「加減して、毒を飲んだということですね？」

「そう思うね。それにしても早く小田あかりを見つけたいね。原口を殺してからでは、遅いんだ」

2

小田あかりの行方は、わからない。頼みの綱は、原口の動きだった。

しかし、原口本人に会っても、彼は、何もいわないだろう。小田あかりに呼び出されていたとしても、後ろ暗いところのある原口は、それを、警察に、話すとは思えなかった。

警察としては、原口を尾行するより仕方がない。

尾行には、西本と、清水の二人の刑事が、当っていた。

「また、ブルートレイン『はやぶさ』に、乗る気なんじゃないでしょうか？」

亀井は、腕時計を、ちらりと見てから、十津川に、聞いた。

今日は、すでに、午後十一時を回り、原口は、自宅にいるという西本たちからの報告があるので、今の段階での『はやぶさ』乗車は、ないだろう。

「わからんがね。小田あかりが、原口に、圧力をかけたければ、カメさんのいうように、『はやぶさ』に乗れと、指示するだろうね」

「乗るとしても、明日以後ですね」

と、亀井が、いった時、突然、電話が鳴った。

十津川が、受話器を取った。

「西本です。原口が、車で出かけます」

若い西本の興奮した声が、飛び込んで来た。

「こんな時間にか」

「清水刑事と、尾行します」

と、いい、電話が、切れた。

亀井も、当惑の色を見せた。こんな時間に、どこへ行くのかという気持なのだろう。

西本たちは、覆面パトカーで、追跡している筈《はず》だった。

原口が、自分で運転するベンツが、東名高速に入ったという連絡があったのは、深夜十二時六分である。

「われわれも、行こうじゃないか」

と、十津川は、亀井を促した。

二人は、覆面パトカーに乗り込み、東名高速の入口に向った。

「どこへ行く気ですかね？」

亀井が、運転しながら、聞く。

「わからないが、小田あかりに、会いに行くんだとは、思うね」

と、十津川は、いった。

彼女が、原口を、呼び出したのだ。

尾行している西本たちの車は、すでに横浜を通過している。

「このまま、東名を飛ばして、名古屋か大阪で、ブルートレインの『はやぶさ』に、乗り込もうというんじゃないでしょうね？」

亀井が、聞いた。

十津川は、笑って、

「無理だよ。『はやぶさ』は、もう、大阪を出てしまっている」

「そうでしたね」

と、亀井も、笑った。

原口は、西に向って、走り続けている。

亀井は、どんどん、スピードをあげて行った。

箱根《はこね》に近づいたところで、前方に、西本たちの車が見えて来た。

御殿場《ごてんば》インターチェンジで、東名高速を出た。

「この辺に、原口の別荘があるんじゃないか」

と、十津川は、呟いた。

もし、あるとすれば、多分、そこへ向っているのだ。

原口の車は、仙石原《せんごくはら》の方向に向って、走り続けた。明らかに、箱根に向っているのだ。

前を行く西本たちの車が、スピードを落とした。

亀井も、それに合せた。

やがて、西本たちの車が、停《と》まった。

亀井も、車を停め、十津川と二人、外に降りた。

夜の闇《やみ》をすかすように見ると、道路を外れた林の中に、いかにも別荘風の建物が見え、窓に灯がついていた。

ベンツは、その家の前に、停まっている。

西本と、清水も、車から降りて来た。

「原口は、あの家に入りました」

と、西本が、いった。

「行ってみよう」

十津川がいい、四人は、足音を忍ばせて、建物に近づいて行った。

「原口」の表札が眼に入った。

やはり、原口の別荘だったのだ。

「彼が着いた時、すでに、あの家の灯がついていましたから、誰かが、先に来ていたんだと思います」

と、西本が、緊張した、甲高い声を出した。

「多分、小田あかりが、来ているんだ」

十津川が、いった。

「どうします？　踏み込みますか？」

亀井が別荘の入口に眼をやって、聞いた。

「よし、入ろう。中で、何が起きているか、心配だからな」

十津川が、そういった時、ふいに、建物の中で、物音がした。

入口のドアが、激しい勢いで開き、黒い人影が、よろめくように、外に出て来た。

「助けてくれ！」

と、男の声が、いった。

亀井が、駆《か》け寄るより先に、相手は、地面にくずおれてしまった。

3

原口だった。

彼は、倒れたまま、手足を、けいれんさせている。

「すぐ、救急車を呼べ！」

と、十津川は、西本たちに、大声でいい残し、亀井と二人、別荘の中に、飛び込んでいった。

玄関ホールを抜けると、広いリビングルームになっている。そのドアが開いていた。ふかふかとしたじゅうたんと、輝くシャンデリアのリビングルームの隅に、ホームバーがしつらえてある。

そこに、女が、倒れているのが見えた。

(小田あかりか?)

と、思いながら、十津川は、駆け寄って、俯伏《うつぶ》せに倒れている女の身体を、抱き起こした。

やはり、彼女だった。

「しっかりしろ!」

と、声をかけたが、反応はなかった。顔は生気を失ってしまっている。

「毒を飲んだんだな」

と、十津川は、亀井に、いった。

「救急車が来るまでに、何とか、吐かせましょう」

亀井が、いい、無理に、口をこじあけて、指を突っ込み、吐かせようとしたが、それに反応する力もないようだった。

サイレンを鳴らして、救急車が到着した。

小田あかりと原口を乗せて、救急車が、引き返す。

それを、十津川と、亀井は、自分たちの車で、追って行った。

仙石原にある総合《そうごう》病院へ、救急車は入って行った。

すぐ、二人の手当てが行われた。が、小田あかりは、死亡したと、医者に、教えられた。

「男の方は、どうですか？」

と、十津川は、医者に、聞いた。

「わかりませんが、助かる可能性は、あります」

医者は、慎重に、いった。

「飲んだのは、農薬ですか？」

「そうです。農薬のパラコートだと思いますね。アルコールに混入して、飲んだと思われます」

と、医者は、いった。

「彼女、死にましたか」

亀井が、暗い顔で、いった。

「最初から、死ぬ気だったんじゃないかな。そんな気がするね」

「原口と、刺し違える気だったということですか？」

「そんなところかも知れない。彼女が、先に、農薬入りの酒を飲んで見せたんだろう。それで、原口も、油断して、飲んでしまったんじゃないかね」

「しかし、彼女が、死んでしまったとなると、今度の事件は、わからないところが、解明できなくなるんじゃありませんか。原口は、助かっても、自分に不利なことは、いわないでしょうからね」

「いや、その点は、大丈夫だと思うよ」

「と、いいますと？」

「小田あかりは、きちんと、身辺整理をしている。大阪府警にも、電話をかけ、古賀は犯人じゃないといい、それだけじゃなく、詳しいことは、手紙に書いて出したといっている」

「そうでしたね」

「そんな彼女なら、ただ単に、原口を殺すことはしないだろうと思うね」

「遺書――ですか？」

「そうだ、きっと、遺書を残していると思うね。なぜ、原口を殺そうとするのかを書いた遺書だ」

「すぐ、あの別荘へ引き返しましょう。遺書があるとすれば、あそこですよ」

亀井が、勢い込んで、いった。

二人は、車で、別荘へ引き返した。車を停《と》め、中に入って行くと、残っていた西本と清水の両刑事が、

「小田あかりの遺書が、ありました」

と、大声で、いった。

「やっぱり、あったか」

「彼女のハンドバッグの中に、入っていました。宛名《あてな》は、ただ、警察の方へとなっています」

西本が、その遺書を、十津川に、渡した。

確かに、白い封筒の表には、「警察の方へ」とだけ、書いてあった。

裏には、小田あかりと、名前が、記してあった。

「彼女、死んだんですか？」

と、清水が、聞いた。

「ああ、死んだよ」

と、十津川は、いいながら、封筒の中身を引き出した。

〈これから書くことは、すべて真実です〉

最初の一行は、そう始まっていた。

十津川は、ソファに腰を下して、遺書を読んでいた。

〈私は、平凡なＯＬで、好きな人がいて、平凡に、その人と結婚することを夢みていました――〉

4

〈彼の名前は、内藤要といいます。すでに亡くなった人だから、名前を書いてもいいでしょう。

小さな町工場の経営者ですが、私が、彼に強く引かれたのは、家族思いで、温かい心の持ち主だったからです。彼は、母親と、足の不自由な妹の面倒をみていました。私が、結婚したら、お母さんと、妹さんの面倒をみるわというと、内藤は、本当に、嬉《うれ》しそうな顔をしたのを、今でも、はっきりと覚えています。私は、本当に、その気だったのです。万一、内藤の方が先に亡くなっても、私は、二人の面倒をみてあげるつもりだったのです。

結婚したら会社を辞《や》めることも決めていました。

それなのに、内藤は、突然、私に何の相談もなく、自殺してしまったのです。

私は、理由がわからず、悲しさと、一言も相談してくれなかったことへの腹立たしさも覚えました。

その頃、会社で、私は、企画部長の原口から、部長秘書にならないかと、いわれていました。原口の女好きは、社内では有名でしたし、内藤との結婚ということがあったので、私は、断わっていました。

内藤が、勝手に自殺してしまった悲しさと、腹立たしさから、私は、原口にイエスといい、部長秘書になりました。その直後、原口は、私をホテルに誘いました。自棄《やけ》気味になっていた私は、抵抗もせず、原口に抱かれました。

私は、そのあとで、内藤が、自殺した理由を知ったのです。

内藤は、私が勤めていた大原鉄鋼の下請《したうけ》をやっていました。その関係を利用して、原口は、圧力をかけ、製品の納入を、拒んで、彼を自殺に追いやったのです。内藤が、そのことを、私に話さなかったのは、多分、私が、大原鉄鋼の社員で、部長秘書になる話があったからだと思います。律義《りちぎ》な人だったから、私に、迷惑をかけることを、恐れたんです。

そのことを知らずに、私は、勝手に自殺したと思い、腹を立てていたんです。

あわてて、私は、彼の家族に詫《わ》びようと思いましたが、彼の母も、妹の加代子さんも、家をたたんで、郷里に帰ってしまっていました。彼の母も、妹の加代子さんも、きっと、私を、何と冷たい女だと思いながら、郷里に帰ったに違いないのです。

私は、その時、二つのことを誓いました。内藤を自殺に追いやった原口部長に復讐《ふくしゅう》すること。もう一つは、内藤が亡くなっても、彼の家族の面倒は私がみると約束したことを実行することの二つです。

でも、二つのことを同時に実行することは難しいことです。何といっても、私には、お金がありませんでした。原口を殺すことはできても、追われるように郷里に引っ込んでしまった内藤のお母さんや、妹さんを助けることは、できません。

いろいろと、考えた末、私は、本心を隠して、原口の女になることにしました。まず、彼の弱味を握って、ゆすってやろうと思ったのです。そのためには、自分も、汚れなければなりません。

原口は、最初のうち、私に対して、警戒の眼を向けていましたが、次第に、安心して、何でも話すようになりました。

経理部長が、原口の不正をあばこうとした時、原口は、腹心の棚橋課長や、運転手と一緒に、経理部長を、相模湖《さがみこ》へ連れ出して、自殺に見せかけて、殺しましたが、その時、私も一緒でした。その時の様子は、ひそかに、テープにとって、保管しました。

そのうちに、原口の奥さんが、私と原口の間を嫉妬《しっと》して、騒ぎ始めました。私は、奥さんにいってやりたかった。原口なんか、憎んでこそいれ、愛してなんかいないと。でも、それは、できませんでした。

奥さんは、社長にも、いったようです。大原鉄鋼は、同族会社で、原口は、その一族の婿で、奥さんには、頭が上りません。

それで、原口は、私に向って、表向き、会社を辞《や》め、自分と別れたことにしてくれ、そうやっておいて、ひそかに会おうじゃないかと、いいました。

私は、承知しました。原口は、奥さんの手前、そうするのだといいました。会社は、スキャンダルが公《おおやけ》になるのを怖《おそ》れて、原口をアメリカに、出張させました。が、そのあとも、私と、原口とは、電話で、連絡をとっていました。

私は、一度、郷里に帰って来ようと思い、それを、原口に伝えました。そのあと、寝台特急の「はやぶさ」に乗ったのですが、驚いたことに、原口が、現れたのです。

5

原口は、びっくりしている私を見て、ニヤニヤ笑っていました。

お前に会いたくて、ひそかに、帰国し、新幹線で、「はやぶさ」を、追っかけて来たのだと、いいました。

そして、アメリカで、今、みんなが飲んでいるというビタミン剤を、私にくれました。とても、元気の出るものだといい、原口自身、二粒飲んで見せました。私は、医者に、よくビタミン不足だといわれていました。だから、わざわざ、買って来たのだと、原口は、いいました。

私も、飲みました。ただ、二粒のうち、一粒しか飲みませんでした。何となく、原口の態度が変だったからです。

原口は、そのあと、ロビー・カーに行っていてくれといいました。大事な話があるというのです。

私は、「はやぶさ」のロビー・カーに行って、原口を待つことにしました。

ロビー・カーで、古賀さんというカメラマンに会いました。が、その名前も、カメラマンだということも、あとで知ったので、その時は、全くの他人でした。

突然、私は、激痛に襲われました。何が何だかわからないうちに、痛みは、どんどん激しくなります。あとから考えれば、原口のくれた錠剤のカプセルが溶けて、農薬が流れ出したのです。

気がついた時、私は、病院にいました。

医者にも、警察にも、どうしたんだと、聞かれました。なぜ、農薬を飲んだのかと聞かれました。

私は、本当のことを話そうかとも、思いました。原口に復讐《ふくしゅう》するだけなら、それでもいい。経理部長を殺した時の会話のテープもある。

しかし、それでは、内藤のお母さんや、妹さんには、何もしてやれません。

そこで、一時的に、嘘《うそ》をつくことにしました。ロビー・カーにいた古賀さんを、犯人にしてしまったのです。すぐ、助け出せるのだから、構わないと思って。

あとで、ロビー・カーにあった缶ビールから、農薬が検出されたと知りましたが、それは、原口が、やったことだと思います。身体が回復してから、私は、原口の次の出方を見るために、東京へ出て行きました。その直後に、棚橋課長が、殺されました。

警察は、犯人は、私だと考えているかも知れませんが、違います。私の願いは、前に書いた通り、二つだけなのです。棚橋課長も、悪人ですが、私は、殺す気にはなりません。

棚橋課長が殺されたので、原口が、アメリカから帰国しました。

私は、原口を脅迫し、一億二千万円の金を出させました。私の証言で、彼は、刑務所入りです。渋々でしたが、彼は、金を出しました。

次には、運転手が、銀座で、射殺されました。新聞や警察は、犯人が、原口を狙《ねら》って、誤って、運転手を殺してしまったのだろうと、見ていましたが、私は、欺《だま》されませんでした。

原口は、明らかに、自分の古傷を知っている人間の口をふさごうとしているのだと、私は、知りました。私を殺そうとしたのも、その一環だったんです。

続いて、拳銃《けんじゅう》を持っていた及川さんも、彼の恋人も、殺されました。及川さんのことは、よく知っています。拳銃の密輸なんかをしているらしいと、聞いていたし、金に困っていたこともです。

明らかに、及川さんは、原口に利用され、彼自身も、殺されてしまったんです。

しかし、警察は、そう見なかったみたいですね。及川さんが、私の知っている人間ということで原口に捨てられた私が、原口を狙って、誤って、小林運転手を殺し、及川さんや、彼の恋人まで殺してしまったと考えたんです。

原口は、そうした空気を利用することを考えました。自分が、私に狙われているように見せる芝居を打ったんです。

原口は、私に電話して来て、自分は、「はやぶさ」に乗るから、新幹線で、追いかけて来いと、いいました。

原口の真意を知りたくて、私は、新幹線で、「はやぶさ」を、追いかけました。

原口は、自分で、農薬の入ったお茶を飲み、いかにも、私が、原口を狙ったように、見せかけたのです。

致死量を飲まなかったんですから、死ぬ筈《はず》は、ありません。

芝居だったんです。

6

私には、すぐわかりましたが、警察は、てっきり、私が殺そうとしたと考えたに違いありません。

原口の狙《ねら》いは、はっきりしていました。彼は、自分の暗い過去を知っている人間の口を、すべて封じて、その容疑を、私にかけようとしたんです。動機は、私が原口に捨てられたのを恨み、彼の味方になっている棚橋課長たちを殺し、最後に、原口を毒殺しようとして失敗したというわけです。

でも、証拠はない。警察は、原口の書いたストーリィ通りに、事件を考えたが、証拠がないので、私を逮捕できなかったんじゃなかったのでしょうか。

私は一刻も早く、二つの目的を達する必要がありました。また、原口が、私を殺そうとするに違いなかったし、私が嘘《うそ》をついたために、古賀さんが、起訴されてしまっていたからです。

まず、銀座に、ブティックを開きました。内藤の妹さんが、会社勤めができないから、ブティックでもやりたいと、いっていたからです。加代子さんは、現金は受け取ってくれないだろうが、ブティックなら、受け取ってくれるだろうと思いました。それに、彼女が、返そうとしても、その時には、私はもうこの世にいないんです。

古賀さんを逮捕した大阪府警にも、手紙を書いて、出しました。こちらの警察からも、事情をよく話して、彼を釈放してください。お願いします。

弁護士が、ブティックを、内藤加代子さんに譲る手続きをしてくれますから、その方の不安はありません。

あとは、原口を殺すことだけです。それがうまくいくかどうかはわかりませんが、私自身は、これ以上、生きていきたくはありません。

これ以上、書くことはありませんが、繰り返していいたいのは、棚橋課長を毒殺したのは、私ではないということです。私は、殺す理由のない人間は殺しません。別に、きれいごとを、いっているのではありません。死ぬ覚悟はできていますから、私がやったのなら、やったと書きます。殺したのは、原口だと、私は、思っています〉

長い手紙は、そこで終っていた。

手紙の入っていたハンドバッグから、テープも見つかった。原口が、経理部長を殺した時の、棚橋課長たちと交した会話を、録音したものだった。

「これで、原口は、助かったとしても、刑務所行だな」

十津川は、小田あかりの遺書とテープを、同じ袋に入れながら、亀井に、いった。

「遺書には、真実だけが書いてあると思いますか？」

と、亀井が、聞いた。

「棚橋課長を毒殺した犯人は、自分じゃないと書いてあることかい？」

「そうです。あの犯人は、原口じゃありませんよ。女が目撃されているんですから。女というと、小田あかりしか、考えられません」

亀井が、主張した。

「いや、もう一人いるよ」

と、十津川がいった。

「誰ですか？」

「カメさんには、見当がつかないかね？」

十津川が、いうと、亀井は、じっと、考えていたが、

「ひょっとして、原口の奥さん――かも知れませんね」

「そうなんだ、棚橋課長を殺す動機を持つ者として、まず原口と、小田あかりが、考えられる。もう一人、原口の奥さんも考えられるんだ。彼女は、大原鉄鋼を支配している一族の一人だ。彼女は、うすうす、原口のやっていることに、気づいていたんじ

ゃないだろうか。原口が、自分の古傷を知っている棚橋課長や、小林運転手、そして、小田あかりの口を封じようとしたように、原口の奥さんは、自分の一族の名誉を守るために、棚橋を呼び出して、毒殺したんじゃないかなあ」

「なるほど」

「あるいは、棚橋が、原口の奥さんを、ゆすっていたことも考えられる。原口の悪事をタネにしてね」

「その可能性もありますね」

と、亀井も、肯《うなず》いた。

捜査本部に帰ると、一つの知らせが、待っていた。

「原口部長の妻が、自殺しました」

と、留守《るす》番をしていた田中刑事が、十津川に報告した。

「動機はわかったのか？」

「遺書もありませんでしたから、なぜ、自殺したのかわかりません。最近、いろいろと、悩んでいたということですし、原口があんなことになったので、悲観して、自殺したのではないかと思いますが」

と、田中は、いった。

「そうか」

と、十津川は、いっただけである。

十津川には、彼女の自殺理由が、わかった。

彼女は、自殺によって、自分自身の口を封じたのだろう。

二日して、原口が、回復したというので、十津川は、逮捕状を持ち、亀井と二人で、出かけて行った。

原口は、十津川の顔を見るなり、ベッドの上に起き上って、

「私は、殺されかけたんだ。小田あかりが、私を毒殺しようとしたんだよ。彼女を捕まえたまえ」

と、叫んだ。

「彼女が死んだのは、知らなかったんですか？」

「死んだ？　自業自得だ」

「彼女は、死にましたが、遺書を残していきました。あなたを逮捕できる遺書をですよ」

十津川は、いい、逮捕状を原口の眼の前に、突きつけた。

原口の顔が、蒼《あお》ざめていった。

（やっと、これで、事件が片づいたな）

と、十津川は、思った。

本書は、昭和六十三年十月に小社より刊行した文庫を改版したものです。

本作品はフィクションです。実在のいかなる組織、個人とも、一切関わりのないことを付記します。（編集部）

寝《しん》台《だい》特《とつ》急《きゅう》「はやぶさ」の女《おんな》

西《にし》村《むら》京《きょう》太《た》郎《ろう》

昭和63年 10月25日　初版発行
令和４年　9月25日　改版初版発行

発行者●堀内大示

発行●株式会社KADOKAWA
〒102-8177　東京都千代田区富士見2-13-3
電話　0570-002-301（ナビダイヤル）

角川文庫 23325

印刷所●株式会社暁印刷
製本所●本間製本株式会社

表紙画●和田三造

●お問い合わせ
https://www.kadokawa.co.jp/（「お問い合わせ」へお進みください）
※内容によっては、お答えできない場合があります。
※サポートは日本国内のみとさせていただきます。
※Japanese text only

ISBN 978-4-04-112762-9　C0193

◇◇◇

角川文庫発刊に際して

角川源義

第二次世界大戦の敗北は、軍事力の敗北であった以上に、私たちの若い文化力の敗退であった。私たちの文化が戦争に対して如何に無力であり、単なるあだ花に過ぎなかったかを、私たちは身を以て体験し痛感した。西洋近代文化の摂取にとって、明治以後八十年の歳月は決して短かすぎたとは言えない。にもかかわらず、近代文化の伝統を確立し、自由な批判と柔軟な良識に富む文化層として自らを形成することに私たちは失敗して来た。そしてこれは、各層への文化の普及滲透を任務とする出版人の責任でもあった。

一九四五年以来、私たちは再び振出しに戻り、第一歩から踏み出すことを余儀なくされた。これは大きな不幸ではあるが、反面、これまでの混沌・未熟・歪曲の中にあった我が国の文化に秩序と確たる基礎を齎らすためには絶好の機会でもある。角川書店は、このような祖国の文化的危機にあたり、微力をも顧みず再建の礎石たるべき抱負と決意とをもって出発したが、ここに創立以来の念願を果すべく角川文庫を発刊する。これまで刊行されたあらゆる全集叢書文庫類の長所と短所とを検討し、古今東西の不朽の典籍を、良心的編集のもとに、廉価に、そして書架にふさわしい美本として、多くのひとびとに提供しようとする。しかし私たちは徒らに百科全書的な知識のジレッタントを作ることを目的とせず、あくまで祖国の文化に秩序と再建への道を示し、この文庫を角川書店の栄ある事業として、今後永久に継続発展せしめ、学芸と教養との殿堂として大成せんことを期したい。多くの読書子の愛情ある忠言と支持とによって、この希望と抱負とを完遂せしめられんことを願う。

一九四九年五月三日